그래서
우리는
사랑을 하지

YA 퀴어 로맨스 단편집

그래서 우리는 사랑을 하지
YA 퀴어 로맨스 단편집

박서련·김현·이종산·김보라·이울·정유한·전삼혜·최진영 지음 | 무지개책갈피 엮음

2021년 3월 15일 초판 1쇄 발행
2023년 6월 5일 초판 4쇄 발행

펴낸이 한철희 | 펴낸곳 돌베개 | 등록 1979년 8월 25일 제406-2003-000018호
주소 (10881) 경기도 파주시 회동길 77-20 (문발동)
전화 (031) 955-5020 | 팩스 (031) 955-5050
홈페이지 www.dolbegae.co.kr | 전자우편 book@dolbegae.co.kr
블로그 blog.naver.com/imdol79 | 트위터 @Dolbegae79 | 페이스북 /dolbegae

주간 송승호 | 편집 권영민
표지 디자인 민진기 | 본문 디자인 이은정·이연경
마케팅 심찬식·고운성·한광재 | 제작·관리 윤국중·이수민·한누리
인쇄·제본 상지사 P&B

ISBN 978-89-7199-898-4 (44810)
ISBN 978-89-7199-432-0 (세트)

책값은 뒤표지에 있습니다.

YA 퀴어 로맨스 단편집

무지개책갈피 엮음

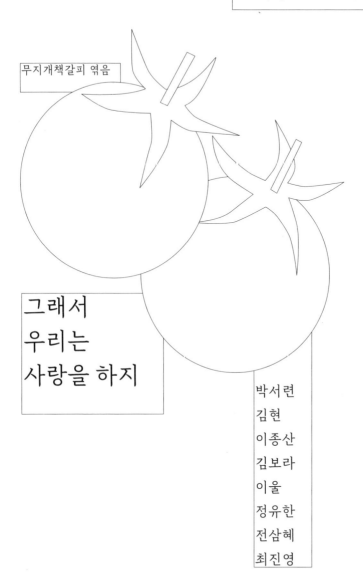

그래서
우리는
사랑을 하지

박서련

김현

이종산

김보라

이울

정유한

전삼혜

최진영

돌베개

사랑은 무엇일까요?

어느 시인이 말했습니다. 우리는 사랑을 할 때, 나 자신이 얼마나 맑은 거울인지를 확인할 수 있게 된다고요.*

내 마음이 거울이라면, 거울을 깨끗하게 만드는 일에는 노력이 필요합니다. 혹시 먼지가 앉지는 않았는지, 깨지거나 금이 간 곳은 없는지 꼼꼼히 들여다봐야 하고요. 귀찮더라도 열심히 닦아 주어야 하죠. 거울은 약하고 깨지기 쉽잖아요. 마음을 맑은 거울로 만들고 유지하는 일, 참 어렵습니다. 현실은 팍팍하니까요.

하지만 얼마나 멋질까요. 내 마음이 맑은 거울이라면 사랑하는 사람을 깨끗하게 비출 거예요. 실물보다 예뻐 보여서 보기만 해도 기분 좋아지는 거울을 상상해 보세요. 그리고 상대방도 맑은 거울이 되어 서로를 깨끗하게 비춘다면 어떨까요. 나 자신을 있는 그대로 담아 주는 사랑, 반짝반짝 햇살을 비춰 주는 사

* 기형도, 「겨울의 끝」, 『기형도 전집』, 문학과지성사, 1999, 222쪽.

랑, 온전히 서로를 믿어 주고 서로의 편이 되어 주는 사랑이 될 거예요. 한 번이라도 그런 사랑을 할 수 있다면 큰 행운이 아닐까요. 상대가 연인이든, 친구든, 가족이든 상관없어요.

당신은 어떤 사람과 어떤 사랑을 하고 싶나요? 이 질문에 답을 하면서 당신의 거울을 열심히 가꾸면 좋겠습니다. 그래서 여기, 사랑에 대한 소설을 모았습니다. 뭘 좋아할지 몰라서 다 담아 봤어요.

수록된 여덟 편의 소설은 다양한 사랑의 모습을 담고 있습니다. 사랑은 나쁜 짓이 아니라는 확신을 얻거나, 짝사랑의 아픔을 마주하며 성장하기도 합니다. 나와 사랑하는 사람에게 꼭 맞는 운동과 책, 영화, 음악을 찾아갑니다. 몸과 마음이 변하는 과정을 같이 되짚어가기도 합니다. 그리고 궁극적으로 우리의, 모두의 사랑이 안전하길 꿈꿉니다.

예쁜 사랑을 더 예쁘게 담고 싶어서, 제법 열심히 닦고 가꾸었습니다. 이 책을 읽으며 당신이 마음껏 울고 웃고 설렜으면 좋겠습니다. 힘든 세상 속에서도 열심히 거울을 가꾸는 당신에게 사랑의 답신을 보냅니다.

오늘도, 우리는 사랑을 합니다.

한국퀴어문학종합플랫폼
무지개책갈피

차례

고-백-루-프

박서련

박서련

2015년 「미키마우스 클럽」으로 『실천문학』 신인상을 받으며
작품 활동을 시작했다.
장편소설 『체공녀 강주룡』 『마르타의 일』 『더 셜리 클럽』,
소설집 『호르몬이 그랬어』를 발표했고,
앤솔러지 소설집 『서로의 나라에서』 『쓰지 않을 이야기』에 참여했다.

D-DAY

가능성은 반반. 진짜 고백을 하려는 거, 아니면 그냥 엿 먹이는 거.

"나 노래하는 거 꼭 보러 와."

우지현은 그렇게 말했다. 불편하게시리 손목을 감싸 쥔 채로.

"큐시트상 6시 반쯤일 것 같은데 어떻게 될지 모르니까 6시 20분까지, 꼭."

내가? 왜? 라고 묻고 싶었지만 우지현은 자기 할 말만 하고 가 버렸다. 고작 그런 이유로 축제 전야제에 가야 할까. 전야제 참석은 의무가 아니었다. 가서 뭐 해, 시끄럽기만 하겠지. 고등학교 가요제 같은 거.

물론 전교생이 거의 다 참석하긴 할 것이다. 우리 학교 축제는 꽤 유명하고, 그중에서도 전야제가 제일 재밌다고들 하니까. 남고 댄스 동아리와 밴드부 특별 무대도 있고, 전통과 인기를 자랑하는 우리 학교 밴드부도 공연을 한다. 우지현이 그 무대에 설 것이었다. 1학년 보컬로. 즉 원래도 인기가 많았던 우지현은 오늘로 더 유명해질 전망. 내가 왜 그걸 보러 가야 하는

고백루프

지 모르겠네. 처음 생각한 대로 나한테 고백이라도 하려는 게 아니면 망신을 주려는 게 틀림없었다. 망신을 준다면 어떻게 줄 것인지 잘 상상이 가지 않기는 했지만, 아무튼 가능성은 딱 반반인 것 같았다.

그렇지만 가능성이고 나발이고 다 의미가 없기도 했다. 어차피 나는 거기에 있지 않을 거니까. 사람 많고 시끄러운 건 딱 질색이었다. 애초에 뭐 때문에 그렇게 다들 축제에 열광하는지 이해할 수가 없었다. 어차피 유행가 부르잖아? 그런 거 뭐, 말할 것도 없이 원곡 가수가 더 잘 부르잖아. 춤도 뭐 어차피 아이돌 그룹이 추는 춤 똑같이 출 거고. 집에서 유튜브로 보면 되지, 뭐 하러. 친한 애가 하나라도 가요제에 나갔다면 응원차 구경을 갈 수도 있겠지만, 내겐 친구도 별로 없고, 몇 안 되는 친구들 중 가요제에 나갈 만한 애도 없었다. 그러니 가요제에서 누가 우승하든 내 알 바가 아니었다.

그런 내가 전야제에 와 주길 바란다는 건 우지현이 뭔가 크게 잘못 생각하고 있다는 의미였다. 사람 잘못 봤다고. 나는 그런 거 보러 다니는 사람 아니야.

7교시가 끝나고 종례까지 마쳤는데 아이들은 집에 돌아가지 않았다. 종례 내용도, 알아서 저녁 먹고 축제 참관할 사람들은 다시 학교로 오라는 것이었다. 다음 날 축제 부스를 준비해야 하는 동아리 아이들은 먼저 부실로 떠났지만 나머지 애들은 저녁을 어떻게 해결하고 5시 반까지 강당으로 갈 것인지 떠드느라 머리를 모았다. 나까지도 괜히 집에 가면 안 될 것 같

박서련

아 일단 자리에 앉아 있었다. 학교 앞 편의점 컵라면과 삼각김밥이 싹 털렸다는 소문, 2학년 어떤 반에서 짜장면을 시켰다는 소문이 돌았다. 편의점 얘기는 몰라도 짜장면 얘기는 사실이었다. 다들 창문에 달라붙어서 교문 앞에서 배달차와 학생주임 선생님이 실랑이 벌이는 걸 구경했다. 결국 짜장면을 시킨 반은 다 같이 운동장 스탠드에 앉아서 저녁을 먹었다.

망설이다가 하교하기로 했다. 빈 짜장면 그릇이 쌓여 있는 걸 보면서 교문을 통과했다. 아무도 나를 잡지 않았다. 잡아 주길 바라지도 않았다.

하필 학원도 쉬는 날이었다. 축제 때문에 대부분 빠질 게 뻔하니까 아예 오늘 수업을 없애고 주말에 보강 시간을 잡는다고 했다. 나처럼 축제에 관심 없는 사람까지 축제 때문에 피해를 봐야 한다는 게 짜증이 났다. 우지현한테 미안한 마음은 들지 않았다.

잠들 때까지 우지현 생각은 아예 하지도 않았다.

D-52

이게 다 방울토마토 때문이다.

2학기 기술가정 수행평가 주제는 작물 키우기였다. 급식소 앞에 1학년 전용 화단이 생겼다. 한 그루에 두 명씩 158그루의 방울토마토 화분이 놓였다.

방울토마토 관찰일지라니 초중딩 때도 안 하던 걸. 마음에 들지 않았다. 더 큰 문제는 내 파트너가 21번 우지현이라는 점이었다. 걔는 모든 면에서 완벽했다. 키 크지, 날씬하지, 얼굴도 봐 줄 만하다. 봐 줄 만하다는 건 너무 야박한 평가고, 솔직히 우리 반에서 제일 눈에 띄는 애가 걔였다. 굳이 따지자면 예쁘다기보다 잘생긴 느낌? 1학기 초에는 이삼 학년 언니들까지 우지현 얼굴 보려고 쉬는 시간마다 찾아오고 그랬다. 밴드부에 들어간 것도 자기가 어떻게 생겼는지 잘 알아서 그런 거겠지. 입부 경쟁률이 치열하기로 소문난 밴드부에 보란 듯이 들어간 것마저 재수 없었다. 아, 그래서 음악적 재능까지 있으시겠다?

그렇게 생겼으면 공부나 예체능을 좀 못해도 될 것 같은데 걔는 다 잘했다. 체육 시간에 걔가 공을 던지면 반 애들이 앓는 소리를 냈다. 그런 애가 성격까지 좋은 건, 뭐랄까…… 그냥 덤 같은 거다. 살면서 다른 사람한테 열등감 느낄 일이 전혀 없었을 테니 성격이 꼬일 이유가 없잖아. 예를 들면 나처럼.

겨우 수행평가인 데다 주요 과목도 아니면서 난수 추첨 어플까지 동원할 건 뭐람. 앞뒤 번호끼리나 붙일 것이지. 우지현하고 이런 거 하면 선생님들도 다 우지현만 칭찬하고 애들도 나랑 우지현이 얼마나 안 맞는 조합인지 평가하기 바쁠 텐데. 하긴 운이 제일 나쁜 사람이 나라고 할 수는 없었다. 짝이 맞지 않아서 다른 반 애랑 수행평가를 같이 해야 하는 아이도 있었으니까. 우리 반 애들이 전부 날 부러워한다는 점에서는 오히려 운이 좋은 거라고 봐야 맞겠지만, 내 느낌은 그렇지 않았다.

박서련

학기 첫 기술가정 수업이 끝난 후 쉬는 시간에 우지현이 내 자리로 왔다.

"안녕, 우리 같은 반인데 얘기 거의 처음 해 보는 것 같다. 나는 우지현이라고 해."

"알아."

그걸 어떻게 모를까? 당연히 알 거라고 생각하면서 물어본 거 맞지? 재수 없어. 나는 그렇게 생각하며 심드렁하게 대꾸했다.

"난 현지. 김현지."

"혹시 어질 현, 알 지?"

우지현은 수업 시간에 받은 관찰기록지에 자기 한자 이름을 써서 보여 주었다. 아, 어쩌라고. 유딩 때부터 현지나 지현이라는 이름 가진 애 한 다스는 봤거든. 와 우리 이름 똑같애, 하면서 하이파이브라도 하고 싶은 거면 네 바로 뒷번호 윤지현한테나 가 보든가.

"어질 현은 맞는데 지는 지혜 지."

"지혜 지랑 알 지랑 똑같은 한자 아냐?"

"달라."

나는 우지현이 쓴 한자 밑에 가로 왈 자를 추가했다. 내가 알기로 알 지와 지혜 지의 차이는 그거 하나였다. 애초에 지혜 지가 알 지에서 나온 한자니까.

"너 똑똑하다."

똑똑하다는 말을 불쑥 들으니까 좀 민망했다. 우지현은 1학기 시험 두 번 모두 나보다 2등 앞서 있었다.

"이름에는 알 지보다 지혜 지 더 많이 쓰는데 네 이름 좀 특이하다."

"그런가?"

내 말에 우지현은 배시시 웃었다.

우리는 각자 뭉쳐 다니는 친구들하고 점심을 먹고 화단 앞에서 따로 만났다. 다른 애들도 원래 무리 지어 다니던 그룹하고 떨어져서 관찰일지 파트너하고 자기 화분 앞에서 이야기를 나누고 있었다.

"이거 재미있을 것 같아."

우지현은 화분 앞에 쪼그리고 앉아서 기대에 찬 목소리로 말했다.

"너랑 파트너 되어서 더 좋고. 별로 접점 없었는데 드디어 얘기 나눠 볼 수 있게 됐잖아."

나한테 뭘 바라고 그런 말을 하는 건지 모르겠네. 2교시 쉬는 시간에 기가 쌤한테 허락받았다며 파트너 바꿔 줄 수 없겠냐고 물어본 애가 둘이나 있었다는 얘기를 해 줄까 말까.

우리는 일지에 관찰일지를 쓰기 시작했다고 썼다. 파트너 추첨 때와 마찬가지로 난수 추첨으로 부여받은 우리의 모종은 다른 애들 것보다 푸릇푸릇하고 튼튼해 보였다. 당연하지, 이건 우지현 거니까. 우지현한테는 뭐든 좋은 것만 주어진다. 우지현에게 안된 일은 하필 걔를 별로 안 좋아하는 나랑 짝이 된 거, 그거밖에 없는 것 같았다.

박서련

두 번째 D-DAY

아침에 늦잠을 잤다. 이틀 연속이네. 자랑은 아니지만, 늦잠은 나에게는 드문 일이었다. 엄마가 출근 전에 만들어 둔 아침을 허겁지겁 흡입하고 집을 나섰다. 어제랑 똑같은 프렌치토스트였다. 으, 식빵 테두리 좀 잘라 주지. 어제 저녁에 내가 말했는데 또.

1교시가 시작될 때까지 이상한 점을 눈치채지 못했다. 나는 목요일 1교시 교과서를 꺼내 둔 채였는데, 종 치고 들어온 사람은 기술가정 선생님이었다. 뭐야? 턱을 괴고 있다가 화들짝 놀라 자세를 고치고 주변을 둘러보았다. 다들 아무렇지 않게 기가 교과서를 꺼내 놓고 있었다.

"오늘 급식엔 우리가 키운 방울토마토가 나온다."

인사를 받고 나서 선생님이 처음 꺼낸 말도 어제랑 같았다. 나는 조심히 핸드폰 화면을 체크해 보았다. 날짜가 어제랑 같았다.

또 오늘이라고?

이후로도 어제와 똑같은 일들이 연달아 일어났다. 주변 애들이 쉬는 시간에 떠는 수다의 내용도 같았고, 2교시 끝나고 배가 고파진 것도 정확히 어제와 동일한 조건이었다. 그렇지만 한편으론 사람의 일은 그럴 수도 있다는 생각도 들었다. 애들은 원래 맨날 똑같은 얘기를 한다. 어떤 선생님이 존나 짜증난다든지 학원에서 어떤 애랑 썸이 시작된 것 같다든지. 아침으로 엄마가 구워 놓은 프렌치토스트 세 쪽 중에 하나밖에 못 먹었으니 배가 고픈 건 당연한 거고. 그렇게 생각하니 나만 빼고 단체로 만우절 이벤트라도 하고 있는 것처럼 느껴졌다. 그렇지만 나 하나를 속이자고 그런 일을, 그것도 선생님들까지 합심해서 벌인다는 건 아무래도 상상하기 어렵기도 했다. 내가 뭐라고.

정확히 어제랑 똑같은 하루라는 것을 인정할 수밖에 없게 된 것은 점심때부터였다. 기술가정 선생님 말씀대로 방울토마토가 급식에 나왔다.

1학년 전원이 키운 방울토마토는 딱 전교생이 한 끼 먹을 수 있을 만큼 열매를 맺었다. 전날 급식에는 셀프 주먹밥과 두부어묵탕과 브로콜리소시지볶음이 나왔고, 후식으로는 시럽을 입힌 방울토마토 탕후루가 전교생 모두에게 똑같이 세 알씩 돌아왔다. 오늘 받은 것과 정확히 같은 메뉴였다. 방울토마토 탕후루. 그게 바로 어제와 오늘이 똑같은 하루라는 뒤집을 수 없는 증거였다.

어지럽고 심란해서 탕후루를 아작아작 깨물어 먹었다. 그렇다면, 오늘이 어제와 완전히 똑같은 날이라면, 나는 앞으로 일어날 일을 예상할 수 있다. 퇴식구에 식판을 넣고 탕후루 꼬치를 휴지통에 버리며 나올 때 우지현이 내 손목을 붙든다. 뭐냐고 묻는 나를 운동장 수돗가 앞까지 데려가서 손목을 놓지 않은 채로 이렇게 말한다. 나 노래하는 거 꼭 보러 와. 그 일은 어김없이 일어났다. 사실 예상할 수 있었기 때문에 피할 수도 있었던 사태지만 정말 전날하고 똑같이 진행되는지 확인하고 싶어서 그냥 그대로 있어 보았다.

"6시 20분?"

내 말에 우지현은 깜짝 놀란 것 같더니 곧 감동한 듯한 표정을 지었다.

"응, 큐시트상으로는 30분인데 혹시 모르니까 그보다 일찍 와 주면 좋겠어. 꼭."

생각을 해 보자. 나는 만화나 소설에 이런 상황이 나오는 걸 꽤 많이 봤다. 소위 루프라고 하는, 특정한 하루가 구간 반복되는 상황. 이럴 때는 어떤 조건이 충족되어야 루프를 빠져나가 원래의 시간대로 돌아갈 수 있다. 무인도에 갇혔을 때 무수히 같은 하루가 반복되다가 딱 하루, 구조선이 지나간다, 라는 조건이 충족되어야 탈출할 수 있는 것처럼.

이찌면 꿈일지도 모르고 아직 한 번밖에 반복되지 않은 상황이니 속단은 금물이겠지만, 만약 이게 루프에 갇힌 상황이 맞다면, 어떤 조건에 변화를 줘야 하는지를 최대한 빠르게 파악하는 게 중요했다. 어렴풋하지만 그게 뭔지 알 것 같은 느낌이 들기도 했다.

수업이 끝나고 종례 시간까지 쭉 기시감이 드는 사건들이 반복되었다. 종례가 끝나고 전시 및 판매 부스를 준비하는 애들이 교실을 떠났다. 전야제 무대에 오르는 우지현과 댄스부 애들은 7교시가 끝나자마자 자취를 감춘 채였다. 2학년에서 짜장면 시켰대! 어떤 애가 교실로 들어와 소리쳤고 과연 한 이삼

십 분쯤 지나 중국집 배달차가 운동장에 들어오려다 학생주임한테 제지당했다. 운동장 스탠드에 2학년들이 앉아 짜장면 먹는 광경을 전교생이 창문에 매달려 구경했다.

전야제는 6시에 시작될 예정이었는데, 5시 반쯤 되자 아이들이 하나둘 강당을 향했다. 어차피 1학년 자리는 정해져 있지만 그나마 괜찮은 좌석을 차지하려면 일찍 가야 한다는 거였다. 반 아이들이 모두 자리를 뜰 때까지 나는 그대로 교실에 앉아 있었다. 어두워질 무렵 누가 뒷문을 드르륵 열고 문틀을 탕탕 쳤다. 교문에서 중국집 배달차하고 씨름을 벌이던 학생주임 선생님이었다. 너 거기서 뭐 하냐? 축제 볼 거면 보고 집에 갈 거면 가라.

내가 강당에 도착한 시간은 6시 21분이었다. 대충 보니 우리 학교 학생만큼 타교생도 많아 보였다. 무대 위에서는 오며 가며 얼굴을 익혀 같은 학년인 것만 아는 어떤 애가 청승맞은 발라드곡을 구성지게 부르고 있었다. 제법 인기가 있는 애인지 노래를 꽤 잘 불러서인지 무대가 끝나고 우렁찬 환호성이 터져 나왔다. 걔 순서가 끝나자 사회를 맡은 학생회장이 우리 학교의 자랑인 밴드부 순서라고 안내했다. 올해 1학년 보컬은 자기도 팬이라는 멘트를 쳤다. 학생회 스태프들이 악기를 옮겼고 기타를 멘 우지현이 무대에 올라왔다. 아까 무대보다 더 큰 환호가 이어졌다.

우지현이 무대에 나타난 순간부터 무대에 서 있는 게 걔가 아니고 나인 것처럼 심장이 뛰었다. 약간 토할 것 같은 기분마저 들었다. 우지현은 피크 든 손을 살짝 들어 관객들에게 인사했다. 모두 미친 듯이 악을 썼다.

첫 번째 곡이 시작되기도 전에 강당을 나왔다. 그대로 뒤도 돌아보지 않고 집에 갔다. 엄마한테 토스트 테두리 좀 잘라 달라고 부탁했다.

D-41

열흘쯤 지나자 거의 모든 모종에서 꽃이 피었다. 빠른 애들은 모종을 심은 지 겨우 사흘 만에 꽃이 달렸다고 했다. 하긴 싹부터 틔워서 시작하는 게 아니니까 대충 중간고사 전에는 일지 마무리할 수 있겠네.

방울토마토 문제만큼은 내가 우지현보다 좀 더 낙관적인 편인 것 같았다. 우지현은 화분 앞에 쪼그려 앉아 풀 죽은 목소리로 말했다.

"우리 애는 왜 꽃이 안 피지?"

"꽃대 올라왔으니까 곧 필 거야. 그리고 우리 애라니 징그러워."

기다리기만 하면 필 꽃을 왜 안달 낸담. 나는 무릎을 짚은 채로 모종을 굽어보며 말했다. 우지현은 나를 쳐다보며 씩 웃었다.

"왜, 우리가 엄마인 것 같지 않아?"

"동물이 어떻게 식물 엄마가 돼?"

수행평가 때문에 우지현과 화분 앞에서 이런 만담 같은 대화를 매일매일 나눠야 하는 게 좀 짜증났다. 우지현은 보기보다 허당이었고 성격은 내가 짐작한 것보다 훨씬 좋았다. 사실 대화를 나눠 보기 전까지는 뭔가 착한 척하는 것 같아서 별로였는데, 알고 보니 착한 척이 아니고 진짜 착한 거였다. 솔직히 말하면 그래서 더 짜증이 났다. 안 그래도 모든 면에서 비교가 되는데 성격까지 얘가 나보다 좋아 버리면 다들 뭐라고 생각하겠냐고.

"그리고 이거 열매 다 맺히면 급식소로 직행일 텐데 너무 정 주지 마."

"헐."

일부러 조금 독하게 말했더니 우지현은 우리 화분을 양팔로 감싸 안았다.

"자기 너무해. 애 듣는 데서 못 하는 말이 없네."

"애라고 부르지 말래도."

그러니까 지금, 나랑 자기를 부부에 비유하고 있는 거야? 한발 늦게 그걸 알아차려 얼굴이 확 달아올랐다.

"너 열 있어? 왜 얼굴이 빨갛지?"

우지현은 그렇게 오래 쪼그려 앉아 있었으면서 다리가 저리지도 않은지 시원하게 일어나서 내 이마를 짚었다. 나는 살짝 그 손을 걷어 냈다. 이러지 좀 마. 이 정도 스킨십쯤은 아무렇지도 않게 할 수 있는 사람인 거 알겠으니까, 나한테는 그러지 마.

"화났어?"

나보다 키도 훨씬 크면서 일부러 종종대며 따라오는 우지현이 너무 짜증나서 밤에 잠도 안 왔다. 늦게까지 방울토마토 모종, 방울토마토 꽃 안 피는 이유, 방울토마토 성장 속도, 이런 것들을 검색하다가 잤다. 비료를 줘야 하려나. 꿈에서 토마토가 비눗방울처럼 피어올라 하늘을 둥둥 떠다니다가 우지현의 입술에 앉았다. 우지현의 입술은 방울토마토처럼 빨겠다.

세 번째 D-DAY

일어나자마자 핸드폰부터 봤다. 날짜는 그대로였다. 늦잠. 프렌치토스트. 1교시 기술가정. 방울토마토 탕후루. 느닷없는 우지현. 내가 알던 하루가 반복되었다. 또 오늘이라니.

처음엔 당연히 가능성은 반반이라고 생각했는데, 좀 더 생각해 보면 우지현이 날 엿 먹일 이유는 없었다. 축제 전주, 그러니까 지난주에 치른 2학기 중간고사에서도 우지현은 나보다 평균 점수가 2점 정도 높았다. 반 등수로는 여전히 2등 차이가 났는데 전교 등수는 지난 학기 기말고사보다 다섯 계단 차가 더 벌어졌다. 그나마 만만하게 비벼 볼 만한 부분은 성적밖에 없는데 그것마저도 상대가 안 되는 나를 견제할 이유가 없잖아.

그렇지만 우지현이 나한테 고백 같은 걸 하고 싶을 만한 이유도 전혀 짐작되지 않았다. 어쩌다 실습 파트너가 됐을 뿐이고 그 전엔 딱히 교류도 없었다고. 걔는 원래 모두에게 친절하다. 물론 나에게처럼 다른 애한테 여보 자기 하는 건 본 적 없지만. 2학년 선배 중에 걔한테 고백한 사람도 있다고 들었다. 어디까지나 소문을 들은 거여서 누군지는, 그리고 우지현이 그 선배의 고백을 받아 줬는지는 모르지만.

　　하다못해 내가 예쁘기라도 하면, 뭔가 뾰족이 잘난 구석이라도 있으면 납득을 하겠어. 아니, 우지현이 지금의 우지현보다 조금이라도 못난 애였으면 차라리 더 이해가 잘 갔겠다. 걔는 초딩 때부터 별명이 김돼지인 기분 같은 거 모르겠지. 새 학기 돌아오면 제발 한 명만, 반에서 딱 한 명만 나보다 조금만 더 뚱뚱해라, 그렇게 비는 마음 모를 거잖아. 내가 속으로 이런 소원을 비는 꼬인 마음씨의 소유자라는 것도 당연히 모르겠지.

　　그럼에도 나는 다시 강당에 갔다. 붐비고 시끄러운 분위기, 내가 딱 싫어하는 그 분위기를 참아 가며 우지현이 부르는 노래를 들었다. 첫 곡은 내가 아는 노래였다. 우지현은 축제 때 부를 노래에 대해서는 말한 적 없었지만, 언젠가 이 노래를 부르고 싶다고 지나가듯 말한 적 있었다. 전주를 들을 때부터 감이 왔다. 아, 이거 아는 노래다. 아마 이 노래를 듣는 게 루프의 탈출 조건인가 봐.

　　밴드부 1학년 순서 두 곡이 끝나고 2학년이 무대에 오르는

걸 보고 강당을 나왔다. 곧장 집에 와서 씻고 침대에 누웠다. 전
날과 똑같이 늦잠을 자지 않으려는 노력의 일환이었다.

자고 일어나니 8시였다. 또 똑같은 하루가 시작되었다. 아
제발. 제발!

D-20

토요일에 학교 앞에서 우지현과 만났다. 우리 화분에 비료를
주기 위해서였다. 나는 관찰일지를 성실하게 잘 쓰는 게 중요
하지, 방울토마토 알이 얼마나 굵고 실한지 같은 것은 평가 대
상이 아닐 거라고 주장했지만 우지현은 막무가내였다. 아무렴
네가 나보다 성적도 좋고 선생님들도 나보다는 널 예뻐하니까
네 말이 맞겠지. 암요 네네, 그렇고 말고요. 그런 심정으로 우지
현을 따라나섰다.

모종 화분 하나에 비료를 주는 건 아주 간단한 일이었다.
두 사람이나 나설 필요가 없음은 물론, 혼자서 해도 순식간에
끝났을 일. 나는 우지현이 챙겨 온 비료를 화분에 주고 손 씻는
것까지 옆에서 지켜본 다음 집에 가려고 했는데, 우지현이 붙
잡았다.

"어디 갈 데 있어?"

"집."

"약속 없으면 나랑 밥 먹을래?"

집에 간다고 하지 말걸. 딱히 댈 핑계가 없어서 종일 우지현한테 끌려다녔다. 햄버거를 사 먹고 도서관에서 영화를 봤다. 여자 대학생들로만 구성된 아카펠라 팀 이야기였는데, 우지현이 좋아하는 영화라고 했다. 좋아하는 영화라면 이미 봤다는 의미일 텐데 그걸 왜 또? 그것도 왜 굳이 나랑?

"주인공이 왜 맨날 자기 편들어 주던 언니랑 안 사귀고 남자랑 이어졌는지 이해를 못 하겠어."

"영화에서 뿌린 떡밥은 그 동갑내기 남자 쪽이 더 많았잖아."

나는 우지현이 그 영화를 좋아한다고 하면서 왜 성을 내는지가 더 이해가 안 됐다. 우지현은 언제 그랬냐는 듯 웃으면서 말했다.

"그래도 노래는 좋아. 애즈 유 워크 온 바이, 윌 유 콜 마이 네임. 그 노래."

"나도 노래는 좋았어."

"나도 고백할 때 그 노래 써먹을 거야."

우지현은 갑자기 멈춰 섰다. 나는 영문도 모르고 그 옆에 같이 섰다.

"좋아하는 사람한테?"

"응. 내가 그 노래 부르면 주먹 쥐고 손을 높이 들어 줬으면 좋겠어."

"영화에서처럼?"

"응."

26

우지현은 내 눈을 똑바로 보며 고개를 크게 끄덕였다. 마치 내가 그렇게 해 줬으면 좋겠다는 말처럼 들려서 기분이 묘했다.

몇 번째였지? 아무튼 D-DAY

이번에는 될 수 있는 만큼 우지현을 피해 보자. 가능한 다른 하루를 보내 보자. 똑같이 늦잠을 자고 일어나 핸드폰을 보면서 나는 생각했다. 아침을, 그러니까 테두리가 버젓이 붙어 있는 프렌치토스트를 건너뛰고 학교에 갔다. 1교시 시작부터 뱃고동이 울려 댔지만 매점에도 가지 않았다. 배가 계속 고프게 두면 실감나게 아픈 척을 해서 양호실에 드러누울 수 있겠지. 그럼 점심도 걸러야겠지만. 루프의 유일하게 좋은 점은 방울토마토 탕후루를 여러 번 먹을 수 있는 것이었는데 포기하자니 속이 쓰렸다. 아예 조퇴를 할까? 수업도 두 번씩 들어서 아쉬울 게 하나도 없는데.

계획대로 3교시부터 보건실에 누워 있었다. 배가 고파서 누워 있어도 잠이 안 왔다. 점심시간이 되자 애들이 우르르 달려가는 소리가 나면서 복도가 울렸다. 다들 신났겠지, 오늘 급식 맛있는 거 나오니까. 옆으로 누워서 핸드폰을 보고 있는데 문 열리는 소리가 났다. 잘못한 것도 없으면서 후다닥 핸드폰을 담요 속으로 숨기고 눈을 감았다.

"김현지. 많이 아파?"

우지현이었다. 눈치가 없나 봐, 내가 자기를 피해서 누워 있는 줄도 모르고. 하긴 이 루프에 갇힌 걸 아는 사람은 나밖에 없을 테니 우지현이 변화를 감지했을 리는 없겠다. 그건 알지만 그래도 짜증이 났다.

"자는구나."

우지현은 잠깐 머뭇거리다가 자리를 떴다. 문 여닫는 소리가 나지 않는 걸 보아 나간 것 같지는 않아서 계속 자는 척을 했다. 사각거리는 소리가 희미하게 들렸다. 보건 선생님 자리에서 메모를 쓰고 있는 듯했다.

우지현은 내 머리를 한 번 손바닥으로 쓰다듬고 나갔다. 눈을 떠 보니 옆 침대에 포스트잇이 붙은 지퍼백이 놓여 있었다. 손을 뻗어 메모를 확인했다.

현지야. 나 오늘 공연해. 6시 반에 강당으로 와 줬으면 좋겠어. 많이 아프면 오지 않아도 돼. -지현-

지퍼백에는 급식으로 나온 방울토마토 탕후루가 들어 있었다.

D-8

"우리 토마토 모레 수확한대."

아침에 우지현이 내 자리로 와서 해 준 이야기였다. 시험

기간이라 다들 조용한데 갑자기 왜 내 자리로 오는가 했더니 꽤 중요한 소식을 전하려던 거였다.

"이렇게 빨리? 우리 거 아직 파랗잖아?"

"완전 다 익은 애들도 꽤 있어서 미루면 안 된다나 봐. 대부분 살짝 파랄 때 따 놓고 일주일 정도 후숙한대."

내 말에 우지현이 약간 침울한 투로 대꾸했다. 우지현의 말투 때문은 아닌데, 나도 조금 슬퍼졌다. 방울토마토 모종 따위에 정을 주지 말자고 한 건 나였지만 어느새인가 알게 모르게 마음을 쏟고 있었다.

점심시간에 우지현하고 같이 방울토마토 화분 앞에서 기념 촬영을 했다. 관찰일지에 인쇄해서 붙이려고 화분 사진만 따로 찍은 적은 많았지만 토마토랑 같이 사진을 찍은 건 처음이었다. 우지현이 먼저 방울토마토 옆에 서 있는 나를 찍어 주었고, 방울토마토 나무랑 나랑 키가 비슷하다고 놀렸다. 나는 언제나처럼 화분 옆에 쪼그리고 앉아 있는 우지현을 찍어 주었다. 우리 말고도 많은 아이들이 사진을 찍고 있었다. 우지현은 잠깐 망설이다가 말했다.

"우리 같이 하나 더 찍자."

"왜?"

"그냥, 우리 둘이 같이 키웠잖아."

우리가 같이 키웠다고 하기엔 글쎄, 우리는 방울토마토의 성장에 공동으로 기여한 게 별로 없는 것 같은데. 속으로 나는 그런 생각을 하고 있었지만 우지현은 지나가던 우리 반 애를 잡아 와서 핸드폰을 맡기고 내 옆에 섰다. 하나아 두울 세엣, 하는 사이에 우지현은 나를 끌어당겨 어깨를 감싸 안았다.

"귀엽게 잘 나왔어."

우지현은 흡족해하면서 내게도 그 사진을 보내 주었다. 놀란 나를 우지현이 활짝 웃으며 감싸 안고 있었고 정작 방울토마토 화분은 우리 둘에 가려 잘 보이지도 않았다. 사진을 보면서 얘 혹시 나 좋아하나? 라는 생각을 처음으로 했다. 그렇지만 혹시 이게 착각이면 보통 쪽팔릴 일이 아니라서, 그냥 속으로만 생각하고 잊어버리기로 했다.

D-DAY ∞

나만 빼고 모두가 한 치의 오차도 없이 똑같은 하루를 반복했다. 보건실에 갔던 날처럼 내 동선을 크게 바꿔 봐도 별다를 것 없이 하루가 지나갔고, 그러고 나면 똑같이 늦잠으로 시작되는 바로 그날이었다. 늦잠 조건부터 바꿔 보려고 밤을 새워 보기도 했다. 그랬더니 믿을 수 없게도, 새벽 6시쯤 잠깐 눈을 감았다 뜬 사이 프렌치토스트만 남겨 두고 엄마가 사라졌다. 물론 토스트 테두리도 그대로였다. 어이가 없어서 그날은 그냥 학교에도 가지 않았다. 마침 결석했는데 루프가 풀리면 어떡하지, 잠들기 전 잠깐 걱정했지만 눈을 뜨고 보니 역시 8시였다. 이러다 늦잠이 습관 되겠네. 몇 번이나 전야제의 날이 반복되는지를 세는 것도 지칠 노릇이었다.

어차피 계속 오늘이 반복되는 거라면 고백을 받아 주면 어떨까? 아니, 우지현이 정말 나에게 고백을 하려는 거였는지 확인이라도 해 보는 게 어떨까?

반복되는 하루하루 안에서 점점 더 선명해지는 단 하나의 생각은 바로 그거였다. 매일매일 탕후루를 깨물고 매일매일 우지현의 노래를 들었지만 무대에서 내려온 우지현을 만나러 간 적은 단 한 번도 없었다. 그럴 용기가 잘 나지 않았다. 그렇지만 어차피 무한히 덮어쓸 수 있는 하루라면 시도는 해 보는 게 좋겠지. 어떤 나쁜 일이 일어나도 루프에 그대로 갇혀 있는 것보다는 낫다.

"나 노래하는 거 꼭 보러 와."

"그래."

우지현의 초대에 내가 이렇게 대답한 건 이번이 처음이었다. 우지현은 심하게 기뻐했다.

"정말? 정말 올 거지? 약속한 거야. 6시 반인데, 꼭 6시 20분까지 와."

내가 뭐라고 대답하든 우지현의 말에는 꼭이라는 말이 꼭 들어갔다.

"무슨 노래 부를 건데?"

나는 답을 알면서도 물어봤다. 에라 될 대로 되라지, 그런 심정이었다. 우지현은 뜻밖에도, 아마 내가 답을 모른다고 생각해서 그런 거겠지만, 약간 부끄러워했다.

"그건 비밀이야."

비밀은 뭐가 비밀이야. 나 네가 무슨 노래 부를지 알아. 그리고 왜 나를 일부러 불러서 무대에 선 순간 그 노래를 듣게 하려는 건지도 알아. 네가 나를 좋아하는 걸 알아.

그렇지만 내가 절대로 알 수 없는 것도 있었다. 왜 우지현이 나를 좋아하게 된 걸까. 왜 우지현이, 하필이면 나를. 이것만큼은 나로서는, 나 혼자서는, 절대로 알 수 없는 것이다.

그건 그렇고 우지현은 노래를 정말 잘했다. 지금까지 반복된 모든 루프에서 가장 일관적으로 느껴 온 감정이 그것이었다. 와, 쟤 노래 진짜 잘하네. 멋있다. 아, 아니다. 방울토마토 탕후루를 깨물면서 와 진짜 맛있다, 라고 생각한 적이 좀 더 많았다. 어떤 루프에서는 우지현의 무대를 굳이 보지 않기도 했지만, 방울토마토 탕후루만큼은 거의 모든 루프에서 착실하게 챙겨 먹었으니까.

종례가 끝나자마자 강당으로 이동했다. 1학년 지정 구역 맨 앞자리에 앉았다. 여기라면 무대에서 보일 수도 있겠지. 나는 참을성 있게 우지현의 무대를 기다렸다. 밴드부 공연이 시작될 때까지 모든 무대를 빠짐없이 다 감상했다.

그리고 우지현이 노래할 때, 후렴이 흘러나올 때, 우지현이 바랐던 대로, 우리가 본 영화에서 나왔던 것처럼, 주먹 쥔 손을 높이 들었다. 키가 작은 내 손이 다른 사람들 머리에 가려 잘 보이지 않으면 어쩌나 걱정하면서 가능한 높이 손을 들었다. 우지현의 목소리가 약간 갈라지는 것 같았다. 지금까지 겪은 모든 루프를 통틀어 처음 있는 현상이었다. 내가 손을 든 게 처음 있는 일이었던 것처럼.

노래가 끝나자 박수갈채가 이어졌다. 우지현은 어쿠스틱 기타를 들었다. 첫 곡보다 조금 잔잔한 곡을 연주한다는 의미였다. 전주 도중 우지현은 마이크를 잡았다. 어떤 루프에서도 보인 적 없는 행동이었다.

"네가 좋아."

관객들은 소리를 질렀다. 다들 좀 닥쳐 봐, 쟤가 뭐라는지 안 들리잖아. 나는 그렇게 생각하면서 우지현의 말에 귀를 기울였다. 우지현은 객석의 소란과 상관없이 그냥 자기 할 말을 쭉 했다.

"이유는 나도 모르겠어. 그냥 다 좋아. 나한테 틱틱거리는 것도 좋고, 가끔 농담 던지면 그게 집에 가서도 생각나. 농담할 때 어조. 내 웃음소리. 실쩍 째려보는 듯한 눈. 작고 하얀 손. 손잡고 싶다. 머리카락 만지고 싶다. 안고 싶다. 엄청 세게 안고 싶다. 그런 생각이 자꾸 들어. 가끔 나쁜 생각도 해. 나 말고는 아무하고도 얘기 안 하면 좋겠다. 나 말고 다른 사람 안 쳐다보면 좋겠다. 웃어 주지 말았으면 좋겠다. 하루 종일 나하고 같이 있어 줬으면 좋겠다. 나도 좋아해, 라고 한 마디만 해 주면 좋겠다."

우지현과 나에 대해 전혀 모르는 사람이 들어도 얼굴이 화끈거릴 만한 고백이었다. 첫 곡을 마쳤을 때 나왔던 환호성보다 몇 배는 더 큰 반응이 터져 나왔다. 나는 인파를 헤치고 강당을 나왔다. 그대로 있다가는 심장이 폭발할 것 같았다.

대기실 문 앞에서 우지현의 무대가 끝나기를 기다렸다. 우지현은 물벼락을 맞은 듯이 땀범벅이 되어 대기실에서 나왔다. 나를 발견하고는 얼어붙은 듯이 그 자리에 그대로 멈춰 서 있었다. 한참 동안 나도 우지현도 아무 말 않고 서로를 보고 서 있었다. 복도에 꽉 차 있는 투명한 것은 공기가 아니라 우리 사이의 시간인 것 같았다. 그건 보이지 않게 흔들리고 있었다.

D+1

"밴드부 뒤풀이 안 해?"

"축제 다 끝나고 한대. 오늘은 각자 귀가. 어차피 선생님들 시내 순찰 돌잖아. 축제 때문에 흥분해서 학교 주변에서 음주 같은 거 할 수도 있다고."

밤 12시가 넘도록 우지현과 함께 있었다. 뭐 대단히 불량한 짓을 하느라 밖에 오래 있지는 않았고, 그냥 공원 벤치에 나란히 앉아 대화를 나눴다. 대화라고 해도 괜찮을까, 서로 민망해서 별 얘기도 못 했다. 그런데도 시간이 잘 갔다. 우지현 말대로 순찰을 도는 선생님들과 마주치기도 했지만 우지현이 곧 들어간다고 하니 다들 그래, 조심히 가라, 하고 말았다.

나는 핸드폰 화면 위의 날짜가 바뀌는 것을 확인하고 다시 주머니에 넣었다. 역시 그랬나, 이 루프의 목적은 내가 우지현의 고백을 피하지 않고 듣게 만드는 거였나. 모두 무대 위의 우지현을 쳐다보느라 나한테는 관심이 없었겠지만, 나는 나대로 지금까지 중 가장 대담한 하루를 보내고 있었기 때문에, 이것으로 오늘이 저장된다는 사실이 엄청나게 신경 쓰이고 부끄러웠다.

"이제 갈까."

"아, 응."

내가 치마를 털며 일어나자 우지현도 후다닥 따라 일어났다. 공원에서 우리 아파트까지는 걸어서 5분이 안 되는 거리였다.

"나 아직 대답 못 들은 것 같은데."

아파트 앞까지 나를 바래다준 우지현이 내 옷자락을 쥐고 말했다. 뭐라고 해야 할지 정하지 못한 참이었다. 나한테도 오늘은 처음이니까. 루프가 이렇게 끝날 줄은 몰랐으니까. 알고 보니 일상은 엄청나게 불확실하고 예상 불가능한 것이었다. 앞으로 일어날 일이 무엇인지를 다 알았던 하루하루를 무방비하게 뚫고 나온 것이, 갑자기 조금 무서워졌다.

"갑작스러운 거 알아. 우리 친해진 지도 얼마 안 됐잖아. 그렇지만 나는 그전부터 계속 너 신경 쓰고 있었어. 수행평가 같이 하게 됐을 때도 진짜 기분 좋았고."

우지현이 서둘러 덧붙였다. 내 대답이 궁금하지만 부정적일까 봐 겁이 나기도 한 듯이. 나는 우지현의 조바심이 마음에 들었다. 이것도 우지현이 무대 위에서 말한 나쁜 마음의 일종일까. 좋아하는 마음의 나쁜 일면.

"네 말이 맞아. 나 되게 혼란스러웠어. 너는 몰랐겠지만."

우지현은 내 말이 잘 이해되지 않는다는 듯이 눈을 가늘게 떴다. 나는 우지현에게 루프에 대해 자세히 털어놓고 싶기도 했고, 완전히 비밀로 하고 싶기도 했다.

"네 마음에 대해서도, 내 마음에 대해서도 아주 오랫동안 생각해 봤어."

"나 오늘 고백했는데?"

"나한텐 생각해 볼 만한 시간이 아주 많았어."

내가 겪은 불가사의한 루프를 비밀로 하는 건 쉬웠다. 설명하려고 노력해 봤자 이해 못 할 게 뻔하니까. 하지만 언젠가는, 가능하면 바로 지금, 말하고 싶다는 생각이 들었다. 이 순간에 도달하기 위해 내가 어떤 시간들을 통과해 왔는지를 우지현이 이해해 줬으면 했다. 대답 대신 그 시간들을 내밀고 싶다는 충동이 자꾸 튀어나왔다.

나는 숨을 고르고 우지현에게 손을 내밀었다. 우지현이 좋아하는 작고 하얀 손. 내가 싫어하는 통통하고 손마디 굵은 손.

"앞으로 잘 부탁해."

줄곧 의아한 얼굴로 나를 보던 우지현은 내가 내민 손을 지나쳐 나를 안았다. 숨도 못 쉬게 꼭. 전혀 예상치 못한 일은 아니었다. 가능성을 따지자면 반반 정도. 내가 손을 내밀면 우지현은, 내 손을 잡거나 나를 껴안거나. 앞으로 이런 일이 많이 일어나겠지. 따지고 계산하기를 좋아하는 내 마음을 가볍게 초과해 버리는 사건들이. 우지현은 나를 안은 채로 벅찬 목소리로 말했다.

박서련

"내일까지 어떻게 기다리지?"

그건 내가 줄곧 하고 싶던 말이기도 했다.

천사는
좋은 날씨와
함께 온다

김현

김현

2009년『작가세계』신인상을 받으며 작품 활동을 시작했다.
시집『글로리홀』『입술을 열면』『호시절』, 산문집『걱정 말고 다녀와』
『아무튼, 스웨터』『질문 있습니다』『당신의 슬픔을 훔칠게요』
『어른이라는 뜻밖의 일』『당신의 자리는 비워 둘게요』를 발표했다.
앤솔러지 소설집『새벽의 방문자들』『인생은 언제나 무너지기 일보 직전』에
참여했다.

304일째.

드디어 비가 그쳤다.
그리고 모두 사라졌다.
이제 이 학교에 살아 있는 존재는 두 소년뿐이었다.

✢

이런 날 비가 오냐…….

철희는 공원이 한눈에 내려다보이는 전망대 창가에 앉아 수호를 기다렸다. 벌써 40분째였다. 오늘은 철희와 수호가 사권 지 1년이 되는 날이다. 두 사람 모두 기념일 같은 걸 챙기는 부류는 아니었지만, 그즈음 벌어진 한 비극적인 사건으로 인해 자신들의 365일, 8760시간, 525600분, 31536000초를 특별히 여기게 됐다.

그날, 수학여행을 가는 길에 사고가 나서 많은 학생이 목숨을 잃었다는 소식을 접하고 철희와 수호는 통화하는 내내 헐, 정말이라는 말을 주고받았다. 또래 아이들이 한날한시에 목숨을 잃었다는 사실이 도무지 믿기지 않았다. 두 사람의 대화는 그래도 자신들은 멀쩡하다는 사실과 그것만으로도 다행이라는 느낌, 그런 일이 닥치면 서로를 살리기 위해 노력하자는 얘기로 이어졌다. 다른 때 같으면 누가 먼저랄 것 없이 닭살이라며 난리를 쳤을 텐데, 사고 소식이 끊이지 않고 뉴스 속보로 뜨던 그때만큼은 둘 다 그런 소릴 입 밖으로 꺼내지 않았다. 지금껏 겪어 본 적 없는 종류의 슬픔이 두 사람을 압도한 것이다. 그 슬픔은 두 사람에게서 멀고도 가까웠다.

둘은 평소와 다르게 서둘러 통화를 끝냈다. 그런데도 뭔가 할 말이 남은 거 같아서 카카오톡으로 대화를 이어 갔다. 조금 전까지 나눴던 얘긴 까맣게 잊은 듯 학교, 학원, 친구들, 요즘 뜨는 유튜버와 예능 프로그램에 관해 떠들어 대며 코믹한 이모티콘을 남발했다. 아무 일도 벌어지지 않은 것처럼 굴었다. 나아가려고 애썼다. 마침내 수호가 말했다.

우리 1년은 챙기자.

두 사람은 휴대전화 캘린더를 열어 자신들의 첫 번째 기념일을 확인했다. 운 좋게도 주말이었다. 철희는 그날 일정에 일주년이라는 말을 써넣는 대신 우리만의 문장을 반으로 나눠 입력해 두자고 제안했다. 메모 앱에 저장해 둔 문장을 찾아 대화창에 남겼다. 철희는 '시작했으니까'라는 부분을, 수호는 '두려움 없이'라는 부분을 자기 것으로 삼았다. 앞으로 해도, 뒤로 해도 씩씩한 문장이었다. 두 사람은 오늘의 사건을 잊지 않기로 했다.

　무슨 일 생긴 거 아니지? 이거 보면 연락해.
　철희는 혹시나 하는 마음에 톡 대신 문자를 남겼다. 아무리 그래도 어떻게 연락 한 통이 없지. 은근히 화가 났지만, 오늘을 망치고 싶진 않았다. 자신들이 만났던, 만나게 될 여러 날 중에 하루일 뿐이라고 생각하려 해도 특별한 하루이고 싶었다. 다른 애들처럼 데이트하고 싶었다. 우리 같은 사람들에겐 평범한 게 가장 특별한 거니까. 철희는 노트북 화면에서 눈을 떼고 창밖으로 눈을 돌렸다.
　공원 입구 광장 쪽으로 형광 운동복을 맞춰 입은 이들이 무리 지어 나타났다. 우산을 쓴 사람이 아무도 없었는데, 비를 피하지 않고 즐기는 느낌이었다. 건강해 보였다. 철희는 장난기가 발동해 옛날 난센스 퀴즈를 기억해 냈다.
　세계 최고의 갈비씨는?
　비 사이로 막 가.
　피식 웃었다. 그러고 보니 공원에 사람들이 제법 늘어 있었다. 각자 우산을 들고도 둘씩 셋씩 짝을 지어 나란히 걷는 사람들 사이로 물방울 하나가 주르륵 흘러내렸다. 유리창에 맺혔던 빗방울이구나, 하면 될 텐데 내 마음, 해 버려서 철희는 괜스레 외로워졌다. 비가 와서 그런가, 생각하면 될 텐데 네가 안 와서 그래, 해 버려서 철희는 비 오는 날 공원 전망대에 혼자 앉아 있는 자신이 처량하게 느껴졌다.

외로움도 자기를 좋아해 주는 사람을 찾아오는 거래.

언젠가 수호가 해 준 말. 그렇다고 해도, 내가 오늘을 위해 얼마나 많은 불판을 닦았는데. 다른 애들은 일주일도 못 버티는 고깃집 알바를 한 달이나 했는데. 사장 새끼한테 욕을 하도 들어서 그 가게 쪽으론 다니지도 않는데. 철희의 마음은 자꾸 쓸쓸한 쪽으로 미끄러졌다.

이번이 처음은 아니었다.

수호의 훈련, 경기 일정에 맞추느라 철희는 번번이 기다리고 바람맞기를 반복했다. 처음엔 축구부 에이스와 사귀는데 이 정도쯤이야, 하고 대수롭지 않게 넘겼다. 그런 일이 생길 때마다 큰 키와 다부진 체격에 어울리지 않게 어쩔 줄 몰라 하며 쩔쩔매는 수호를 보는 것도 즐거웠다. 하지만 좋은 것도 한두 번, 아니, 대여섯 번이었다. 일곱 번째가 되자 철희는 수호가 자기보다 축구를 더 소중히 여기는 게 아닐까, 지나고 나면 낯간지러울 생각을 꽤 심각하게 했고, 수호에게 크게 화를 냈다.

축구 대 연애.

대결은 거창한 시작과는 다르게 아주 싱겁게 끝났다. 수호는 경기를 치를 때처럼 위기의 순간에 더 침착했다. 수비와 공격에 모두 능한 그답게 철희의 머리를 품으로 끌어당겨 안으며 부드럽지만 강하게 말했다.

"나는 네 생각 하면서 뛰어. 그럼 하나도 안 힘들거든."

44

오늘은 절대 먼저 웃지 말자!

철희는 웃으면 쌍꺼풀 없는 가느다란 눈이 더 작아지는 수호의 얼굴을 머릿속에서 내보내며 다짐했다. 비눗방울이 날아다니는 노트북 화면보호기를 풀고 사용 중이던 문서에 글을 입력했다.

310일째.

희철은 호수와 함께 학교를 떠나기로 했다.

'다죽어' 폴더를 열었다.

얼마 전부터 철희는 사진과 글을 결합한 '사진 - 소설'을 쓰는 중이었다. 근미래를 배경으로 자신과 수호, 사진 동아리 친구들을 모델로 한 인물들이 큰 재난을 맞닥뜨리게 되는 작품이었다. 철희의 표현으로는 다 죽는 소설, 그런 철희의 말을 들은 아이들에 의하면 미친 소설이었다. 수호 역시 철희의 구상을 듣고 기겁했는데, 정작 철희는 십대들이잖아, 하고 태연했다.

철희는 지난겨울에 찍은 전망대 사진을 확대했다.

‡

- 여길 떠나야 해.

희철이 지도를 펼치며 말했다.

- 어디로 간다는 거야.

- 어디든. 더는 여기 남아 있을 수 없어. 우릴 찾으러 오는 사

람도 없을 거야.

― 학교 밖은 위험해.

― 나가 보지도 않고 어떻게 알아.

― 왜 나가야 하는 건데? 갑자기 왜?

― …….

― …….

― 내가 사라지면 너는 혼자가 될 테니까.

― 그러지 않으면 되잖아. 나도 그러지 않을게.

호수는 희철의 왼손을 두 손으로 움켜잡았다.

― 석찬이, 상민이, 주미…… 희봄이랑 태성이도 사라지고 싶
지 않았을 거야. 우린 살아남은 게 아니야. 그저 남들보다 운이
좋았던 거지.

희철은 교실 창문 쪽으로 고개를 돌렸다.

― 일단 저기, 저 전망대로 가 봐야겠어. 한눈에 볼 수 있게.

✜

철희와 수호가 다니는 학교에서 전망대까지는 버스로 1시간
20분이 넘게 걸렸다. 그게 수호가 이 공원 전망대를 비밀 만남
의 장소로 삼은 이유였다.

아는 사람을 마주칠 확률이 거의 제로에 가까운 곳.

수호가 전망대 소개 영상을 처음으로 보여 줬을 때 철희는

둘만의 아지트가 생긴다는 게 좋으면서도 너 은근히 겁 많다, 퉁명스럽게 반응했다. 어제 고생해서 찾은 거야. 주변에 예쁜 찻집도 많고, 전망대에서 보는 사계절 풍경이 다 멋있대. 여름에는 별 보기 행사도 열리고. 수호가 아무리 열심히 말해도, 수호한테 그럴 게 아니란 걸 알면서도, 철희는 때가 어느 땐데, 하며 자꾸 삐딱하게 굴다가 우리가 무슨 죄를 지은 것도 아니고 왜 몰래 만나야 하는 건데, 하고 따지듯 말해 버렸다. 수호는 그런 철희 때문에 시무룩한 얼굴로 가겠다는 말도 없이 놀이터를 빠져나갔다. 철희는 수호의 뒷모습을 볼 수 없어서, 보고 싶지 않아서 고개를 숙이고 벤치에 가만히 앉아 있었다. 수호를 불러 세워야 한다는 걸 알면서도 입술을 움직일 수 없었다. 수호야, 하고 이름을 부른 뒤에 무슨 말을 덧붙여야 할지 알 수 없었으므로. 철희는 그저 수호에게 엉뚱하게 분풀이를 했네, 후회할 뿐이었다.

동성애를 하든 말든 상관은 없는데 눈에 띄진 않았으면 좋겠어요. 철희는 그날 수업 시간에 들었던 말 때문에 내내 기분이 좋지 않은 상태였다. 아무렇지 않게 혐오 발언을 하는 이가 자신과 같은 교실에 있다는 사실에 짜증이 났다. 자신들을 자꾸 숨도록 하는 사람들이 못마땅했다. 철희는 더는 밀리고 싶지 않았다. 수호와 함께라면 그럴 수 있을 것 같았고, 그러고 싶었다.

철희는 숨을 고르고 휴대전화를 매만졌다. 그날 이후로 철희도, 수호도 서로를 혼자 두고 떠나는 짓은 두 번 다시 하지 않았다. 자신이 수호의 마음을 다치게 했던 그 하루의 끝을 떠올리면 언제나 가슴이 아리고 동시에 웃음이 났다. 왜냐하면 그날…….

해가 지고 하늘이 점점 검푸르게 변할 때까지 철희는 놀이터에 앉아 있었다. 같은 시각 집 근처 편의점에서 슬러시를 마시던 수호는 다 녹은 슬러시를 빨대로 한 번 휘젓곤 휴대전화를 꺼내 대화방을 열었다.

들어갔어?

어…… 아니.

너, 3반에 수현이 알지? 걔 퀴어문화축제 간 거 소문나서 지금까지도 게이년이라고 놀림받잖아.

수현이라면 철희도 잘 알고 있었다. 그 퀴어문화축제에서, 청소년성소수자위기지원센터 띵동 부스 앞에 있던 수현이와 눈이 마주쳐서 급하게 자릴 피했던 철희였다. 수현이는 들켰고, 철희는 운 좋게 발각되지 않았다. 그 후로 수현이를 피해 다녔다. 말 걸어올까 봐, 친구로 지내자고 할까 봐, 끼리끼리가 될까 봐, 손가락질받을까 봐.

그리고 우리나라 축구 선수 중에 커밍아웃한 선수 있다는 말 들어 봤어? 프리미어리그에도 없어.

없지, 근데 왜 없을까. 진짜 없어서 없나. 있는데 없다고 하는 건 이상하잖아. 있으면 있고 없으면 없는 거지. 그게 이상한 거라고 왜 아무도 우리한테 가르쳐 주지 않는 거냐고. 철희는 속엣말을 꺼내 놓는 대신 수호의 마음을 염려하면서 그저 대화창을 지켜봤다.

나는 우리가 사귀는 걸 꼭 그렇게 사람들이 다 알아야 하는 건 아니라고 생각해. 사실, 나는 다른 사람들 때문에 우리가 만나지도 못하게 될까 봐…… 무서워.

알리고 싶은 게 아니라 숨기고 싶지 않은 거야, 철희는 입력했던 말을 지웠다. 무서워, 라는 세 글자에 덜컥 걸려 넘어졌다. 무섭구나, 무섭지, 무서운 거지 중얼거리면서 철희는 그럼 무서움을 이기는 말은 뭘까, 생각하고 또 생각했다. 미안해, 라고 쓸까. 아니야. 세 글자로는 부족해. 철희는 발로 모래밭을 헤집으며 두 손을 모아 코와 입을 가리고 아— 하고 낮고 길게 소리 냈다.

철희는 수호에게 메시지를 보냈다.

보고 싶어.

무서워, 라는 말보다 한 글자가 더 많으니까, 그러니까 그 말은 미안해, 라는 말보다 뭐가 더 있어도 있겠지. 철희는 믿었다. 한 글자가 더 많은 말의 힘을. 믿지 않으면 안 될 것 같아서. 그러면 정말 무서운 일이 벌어질 것 같아서. 철희한테 보고 싶다는 말은 '미안해'나 '무서워'와는 다르게 과거에 얽매이지 않은, 누구의 시선에도 주눅 들지 않는, 오직 두 사람이 지금, 최선을 다해서 할 수 있는 말이었다. 수호도 답했다.

한 글자.

입술이 다른 입술에 닿았다 떨어지며 나는 소리.

천사는 좋은 날씨와 함께 온다

철희는 2반, 16번, 윙포워드, 게이 소년 수호를 조금 더 사랑하기 시작했다. 그제야 집으로 갈 수 있었다.

카톡.

봄희였다.

몸은?

좀 나아졌어. 너는? 동아리 애들 만났어?

어, 미주는 좀 늦는다고 했고. 우린 지금 전시관 쪽으로 걸어가는 중.

성태는?

꺅! 오늘 그 모자 쓰고 옴. 사진 보내 줄게.

사진 속 성태는 철희와 봄희가 함께 고른 야구 모자를 쓰고 있었다.

오늘 고백받을 것 같은 느낌!!!

봄희는 어쩌면 이렇게 긍정의 화신일까. 밝아, 밝아서 좋아. 절로 힘이 나게 하는 봄희. 철희는 봄희 덕분에 지금까지의 우울한 기분을 잠시 잊었다. 웃으며 대화창에 너무 앞서가지 말라고 남겼다.

흥칫뿡.

이란성 쌍둥이인 철희와 봄희는 외모도 외모지만, 성격이 전혀 달랐다. 철희는 다소 건조한 편이어서 차갑다는 오해를 자주 받았고, 봄희는 처음 만나는 사람에게도 곁을 내어 줄 정도로 다감했다. MBTI 성격 검사에 따르면 두 사람 모두 ENFJ

유형이긴 했는데, 그 결과는 봄희에겐 맞고, 철희에겐 틀린 것이었다. 아니야. 너도 원래는 그런 사람인데 네가 자꾸 안 그런 사람처럼 굴어서 그렇게 변한 거야. 봄희는 말했지만, 그 말 역시 철희 입장에선 틀린 것이었다. 철희가 '안 그런 사람'이 된 건 철희가 '그런 사람'인 걸 아무도 알려 하지 않아서였다.

그해 여름 성경학교에서 철희는 수호에게 처음으로 호감을 느꼈다. 믿음과 소망과 사랑을 매번 이야기하는 그곳에서, 그 많은 사람 중에서 수호만이 유일하게 철희가 어떻게 살아왔는지 또 어떻게 살고자 하는지를 듣고 싶어 했기 때문이다.

봄희가 성태 뒤에서 손가락으로 브이 자를 그리며 몰래 찍은 사진 한 장을 더 보내왔다. 사진 찍을 때 브이를 하잖아, 그럼 걍 스마일 하게 돼. 철희는 봄희의 '웃는 브이'를 따라 해 봤다. 한 사람을 향한 마음을 누구에게나 숨김없이 드러내는 건 어떤 기분일까. 철희는 궁금했다. 자신은 한 번도 그래 본 적이 없기에. 내가 봄희였다면 어땠을까. 철희의 바람은 내가 너였으면 하고 바라는 마음이 아니라 내가 숨기는 게 없는 사람이었으면 하고 바라는 마음에 더 가까웠다.

이따 그 사진 찍어서 보내 줄게. 쉬다가 좀 나아지면 연락하고.

봄희는 하트 모양 이모티콘 두 개를 대화창에 남겼다.

그 사진은 〈향하여〉라는 이름이 붙은 에드워드 양의 작품이었다. 해변에 널린, 흔하디흔한 조개껍데기를 찍은 것이었는데, 그 조개껍데기는 이 세상 어디에도 없는 물체처럼 보였다.

철희는 그 사진에 대한 애정을 이 사람 저 사람에게 말하고 다녔다. 수호에게도 여러 번 그랬다. 같이 바다에 놀러 가자. 너도 찍으면 되잖아, 하고 수호가 말하기 전까지. 그 순간부터 철희에게 〈향하여〉는 해변을 함께 걷는 자신과 수호, 그 자체가 되었다. 사랑이란 두 사람이 같은 곳을 향해 가는 거라고 국어 선생님인가, 영어 선생님에게 들었던 것 같은데, 정말, 그랬다.

철희도 봄희에게 하트 모양 이모티콘을 보냈다.

‡

311일째.

희철과 호수는 얇은 티셔츠 여러 개를 겹쳐 입고 노란색 점퍼를 걸쳤다. 점퍼 뒷면에는 붉은색으로 '3분 카메라'가 프린트되어 있었다.

― 이거 입으면 그냥 힘이 나.

호수가 점퍼 단추를 끝까지 채우며 말했다.

― 애들이랑 있는 거 같지?

― 응. 어벤저스처럼 짠 하며 나타날 것 같아.

두 사람은 투명 보호 필름이 부착된 안면 마스크를 각각 착용하고 큰 배낭까지 짊어졌다. 교실을 나와 복도를 지나 계단을 내려왔다. 학교를 나섰다. 오늘은 푸른 안개가 짙게 드리워져 있었다.―어제는 분홍빛이었다.―안개로 둘러싸인 숲에 들어온 듯한 착각이 들었다. 희철은 작은 조명 세 개가 달린 랜턴을 켜며 끈 한쪽을 제 손목에 묶고 다른 한쪽을 호수에게 건넸다.

― 옆으로 와서 손목에 묶어. 풀리지 않게 꽉. 지금부터는 절대 떨어지면 안 돼.

― 한 사람처럼.

― 어, 한 사람처럼 걷는 거야.

둘은 랜턴 불빛에 의지해 자신들이 뛰어놀던, 이제는 미끌미끌한 식물들이 가득한 운동장을 가로지르며 후문을 향해 갔다. 전망대가 있는 곳으로 가기 위해선 낮은 산 하나를 넘어야 하는데, 정문 쪽보다는 후문 쪽이 더 빠른 길이었다. 걸음을 내디딜 때마다 물컹한 젤리 형태의 덩어리들이 밟혔다. '그것'들이 튀어나오고 남은 알주머니의 잔해였다.

희철과 호수는 빠른 길음으로 학교를 빗어났다. 산 쪽으로 한참을 걸었다. 이렇게까지 오래 걸리지는 않을 텐데. 희철은 길을 잃었다는 걸 직감했다. 산으로 올라가는 입구에 도착하고도 남을 시간이었다. 호수가 눈치채지 못하게 주변을 신경 써서 살폈다. 마미손분식. 간판을 발견했다. 산이 아니라 시내로 이어지는 내리막길이네. 희철은 자연스럽게 방향을 틀었고, 호수는 희철이 이끄는 대로 움직였다. 희고 작은 알갱이들이 흩날리기 시작했다.

― 눈이다.

호수가 머리카락에 붙은 알갱이를 손으로 떼어 냈다.

- 그런 건 눈이 아니지. 녹지도 않잖아.

- 그럼, 뭐라고 불러?

- 글쎄. 세상이 이렇게 되기 전까진 그런 게 없었으니까, 그걸 부르는 말도 없겠지. 그냥 네가 한번 만들어 봐. 너 그런 거 잘하잖아. 우리끼리만 쓰는 말 만드는 거.

두 사람은 걸어가며 그 희고 작은, 부드럽지도 전혀 폭신하지도 않은 부스러기에 어울리는 이름을 찾기 위해 대화했다. 그 창조 놀이가 안개를 헤치고, 산을 넘고, 길을 만드는 데 큰 힘이 되기라도 하는 것처럼.

'눈'은 '누'가 됐다.

'달'은 '라'가, 물은 '무', '숲'은 '푸'가 됐다.

부서지고 지워진 말. 그게 이 세상의 언어다.

호수는 함박눈과 초승달과 물빛과 숲길을 렌즈에 담던 친구들을, 순간을 영원으로라는 문구가 붙어 있던 동아리방을 추억하며 혼잣말했다.

- 이렇게 될 줄 알았으면 그때 더 많이 얘기해 줬어야 했는데. 너희랑 함께여서 즐겁다고.

희철은 갑자기 터져 나온 호수의 울음을 듣다가 손등으로 조용히 눈가를 훔쳤다. 두 사람은 안개에 휩싸여 유령처럼 움직였다. 교사가 학생에게 교육을 실시하는 기관. 뜻을 잃어버린 단어를 어떤 말로 바꿀지 생각하면서 전망대를 향해 갔다.

이제 학교에는 아무도 없다.

✚

"야!"

철희는 노트북 자판을 두드리다 말고 깜짝 놀라 고개를 돌렸다. 승현이였다.

"뭐냐?"

"씨발, 뭐가 뭐냐."

승현이와 철희는 1학년 때 같은 반이었다. 한 반일 땐 자주 어울리며 나름 친하게 지냈는데 학년이 바뀌고 다른 반이 되면서부터, 아니 승현이가 학년 말부터 이른바 '노는 애들'이랑 어울리기 시작하면서 사이가 멀어졌다. 철희가 보기엔 사실 그렇게 잘 노는 것 같지도 않은 애들이었는데, 승현이는 그 무리에 속하자마자 애들 어깨를 이유 없이 툭툭 건들며 씩― 웃고 다녔다.

"여긴 어떻게 왔어?"

"뭐래. 차 타고 왔지. 할머니! 내 친구."

승현이가 전망대로 들어서는 할머니에게 소리쳤다. 철희는 구부정하게 일어나 인사했다.

"오늘 우리 할머니 생일. 가족들이랑. 너는 혼자?"

"어? 어."

"헐, 돌았냐?"

승현이는 욕설 아닌 욕설을 내뱉고 태연히 할머니 옆으로 갔다. 곧 승현이 엄마가 나타났다. 철희는 다시 일어나 인사했다. 다음은 아빠인가. 철희는 앉지 않고 기다렸다. 아무도 오지 않았다. 맞다. 승현이는 엄마랑만 한 식구였지. 철희는 승현이와 어울려 지낼 때 승현이가 스치듯 해 준 말이 기억났다. 나는 우리 엄마랑 사는 게 좋아. 그 말은 아빠랑 사는 건 안 좋고, 엄마 아빠랑 사는 것도 좋지 않다는 거였구나.

철희는 엄마랑 사는 게 좋은 승현이가 엄마 옆에서도 휴대전화를 보고 있다는 사실이 다행스러웠다. 승현이가 사랑받으려고 애쓰지 않는 것 같아서. 애쓰지 않고도 사랑받고 있는 것 같아서. 그때였다. 철희의 휴대전화로 문자가 도착했다. 모르는 번호였다.

나야. 빨리 갈게.

뭐지? 철희는 어리둥절한 채로 문자를 다시 들여다봤다. 누가 장난치는 건가, 수호에게 무슨 일이 생긴 건가. 근처면 큰일인데. 왜 하필 지금이야. 철희는 승현이를 힐끔 보고는 다급히 답장했다.

오지 마.

조마조마했다. 승현이가 우리 둘을 본다면…… 학교에 소문이 퍼지고, 누가 찌르냐, 누가 받냐, 하는 소릴 듣고, 그러다 변실금 온다, 변태 새끼들아, 따돌림당하겠지. 수호는 축구를 못 하게 되고, 나는 전환치료 교회에 끌려가고, 결국 우리는 남남이 되겠지. 두 번 다시 보지 못하겠지. 수호에겐 뭐가 그렇게 무섭냐고 했으면서, 왜 게이인 걸 부끄러워하냐고 떠들었으면서, 철희는 막상 이런 일이 닥치자 자기 역시 들키지 않기 위해

김현

지금껏 있는 힘을 다했다는 사실을 깨달았다.

퀴어문화축제에서 환하게 웃던, 학교에선 자주 아랫입술을 깨무는 수현이가 자신과 겹쳐져 어른거렸다. 그날 그곳에서 수현인 우리는 연결될수록 강하다는 문구가 적힌 피켓을 들고 있었는데, 정작 수현이는, 우리는 학교에서 누구와도 연결되지 않았다. 않으려고 했다. 그저 불행이 나만은 비껴가기를, 시간이 어서 흘러가기를, 학교에서 벗어나기를 바랐다.

철희는 노트북을 덮고 가방을 챙겼다.

"야! 나, 간다. 엄마, 나 먼저 내려가 있을게."

승현이는 어제까지도 어울려 지낸 사이처럼 살갑게 손을 흔들며 전망대에서 내려갔다. 승현이가 사라지자 철희는 그제야 수호에게 자초지종을 설명하는 장문의 메시지를 보냈다……. 그러니까 지금 네가 어디에 있든 거기에 그냥 있으라고. 전망대로는 오지 말라고. 지금 여기엔 봐서 좋을 게 없다고. 철희는 자신들의 사랑이 안전한 곳이 이 세상 어딘가에 있다면 그곳을 오늘의 데이트 장소로 삼고 싶었다.

아니, 내가, 갈게.

"아니, 내가, 갈게."

철희는 수호에게서 다시 온 메시지를 소리 내 읽고, 읽고, 읽었다. 그러자 수호에게서 온 메시지는 수호에게로 보내는 메시지로 바뀌었다.

천사는 좋은 날씨와 함께 온다

비가 멎고 흐렸던 하늘이 서서히 밝아졌다. 구름과 빛의 섬세한 움직임을 보노라니 무슨 이유에서인지 철희는 다 죽는 소설을 다 사는 소설로 바꾸고 싶었다. 그것도 미친 소설이겠지만……. 죽고 죽이는 것보단, 살고 살리는 것이 자신에게 더 필요하다는 생각이 들었다. 철희는 확인하려 했다. 연결될수록 강하다는 말을.

365일째가 되는 날, 호수와 희철이 친구들을 만나도록 할 것이다. 평화로운 곳에서 마스크를 벗고, 깨끗이 씻고, 배불리 먹고, 잠을 푹 자고 일어난 후에 눈앞에 존재하는 사람과 따뜻하게 포옹하고 입을 맞추게 할 것이다.

철희가 기다리는 동안 수호는 전망대에 나타나지 않았다.

두 사람은 이 끝과 저 끝을 잇는 계단에서 만났다. 철희는 뒤를 보지 않고 반을 내려왔고, 수호는 뒤를 보지 않고 반을 올라왔다. 둘은 한동안 서로를 마주했다. 시간이 정지된 것처럼.

내가 간다니까.

내가 간다고 했잖아.

눈빛으로 대화를 나누듯이.

수호가 한 계단을 올라 철희 옆에 섰다.

"사고가 나서…… 휴대전화도 고장 나고…….

철희는 쩔쩔매는 수호가 귀여웠다. 또 시작이네. 그렇게 미안해하지 않아도 되는데, 내 생각을 하면서 뛰어온 거 다 아는데.

"왔으니까, 약속을 지켰으니까, 혼자가 되게 하지 않았으니

김현

까, 괜찮아."

철희는 수호를 꼭 안아 줬다. 그전의 수호와는 다르게 지금
의 수호는 가볍고 무엇보다 부드러웠다. 곧 녹아 없어질 듯한
눈송이처럼. 드디어 두 사람은 함께 계단을 내려왔다. 마치 처
음부터 그랬던 것처럼. 자연스럽게.

"저기 수라산에 구름 낀 것 좀 봐."

수호가 손가락으로 먼 산을 가리켰다.

"부한산이야."

철희는 대답했다.

"아, 그래?"

"전망대에서 몇 번 말해 줬는데."

"미안, 전망대에서 볼 때랑 완전 다르네."

"완전 똑같거든!"

수호가 빈듯한 치아를 드러내며 말갛게 웃자 철희도 미소
지었다.

"소설은 많이 썼어?"

"응, 둘이 전망대로 가는 부분까지 썼어."

"그래서 어떻게 할 거야? 진짜 다 죽일 거야?"

"음, 사실대로 쓸 거야."

"사실대로?"

"응, 있는 그대로."

"우린 살아 있으니까."

"여기, 있으니까."

수호가 호주머니에서 주먹 쥔 손을 빼 철희에게 내밀었다.

"뭐야?"

"선물."

"선물 안 하기로 했잖아."

"어, 근데 마음이 바뀌었어."

"뭐야, 난 없는데."

"넌 없어도 돼. 내 마음만 받아."

철희는 두 손을 폈다 접었다 하며 입술을 움직였다.

(오글오글)

"손 펴 봐."

철희가 손을 활짝 폈다. 그 넓은 사랑의 장소에 수호는 작은 껍데기를 올렸다.

"와, 어디서 났어? 너무 예쁘다."

"오는 길에 바닷가에서 주웠어."

바다라니. 그러나 진짜일 것이다. 수호의 말은. 수호의 눈동자에 지금껏 한 번도 본 적 없는 무지갯빛이 스며들어 있었다.

"내가 사라지더라도 간직해 줘. 이건 오랫동안 변하지 않는 거니까. 쉽게 사랑받지 못하지만, 누군가 사랑하게 되면 오래 사랑받게 되는 거니까."

"어, 잊지 않을게."

철희는 수호를 향하여 손을 내밀었다.

"미끄러우니까 조심히 내려와."

수호가 앞을, 철희가 뒤를 맡았다.

60

"좋은 날씨다."

조심조심 앞서가는 수호에게 철희가 속삭였다.

"그러게, 좋은 날이네."

언제 비가 왔었냐는 듯 하늘은 파랗고 나뭇잎들 사이로 햇빛이 쏟아져 내렸다. 공기가 상쾌했다. 계단을 다 내려온 철희와 수호는 자신들 앞에 펼쳐진 새로운 세계로 힘차게 나아갔다. 수호가 철희의 어깨에 팔을 두르더니 자기 곁으로 바짝 끌어당겼다. 시작했으니까 두려움 없이.

그런 철희와 수호를 모두 보았다.

✢

364일째.

드디어 안개가 걷혔다.

그리고 모두 나타났다.

이제 이 학교에 가만히 있는 존재는 없었다.

✢

8월 18일. 비밀 천사와 함께.

날씨가 맑아서 아주 먼 산봉우리들까지 선명하게 보였다. 전망대를 돌며 카메라로 사진을 많이 찍었다. 같은 색이 하나도 없었다. 가까이에서 볼 땐 몰랐는데 멀리에서 보니 공원 나무들도 모두 색이 달랐다. 천사도 말했다. 정말 다 다르다. 저 나무는 진한 녹색이고, 이쪽 나무는 연한 녹색. 공원의 텐트도, 돗자리도, 사람들 옷도 다 다른 색이야. 다음엔 우리도 색깔이 예쁜 돗자리를 가져오기로 했다. 천사는 공도, 하며 두 발로 공을 통통 튕기는 시늉을 했다.

어쩌면 우린 너무 가까워서 서로의 색을 못 보는 건지도 모르겠다. 다 똑같은 교복을 입고 앉아서, 다 똑같은 책만 보고, 다 똑같이 대학에 가라고, 고졸 취업에 성공하라고 강요받고…….
조금 떨어져서 보면 다 보일 텐데. 이런 전망대에 와 보면 알게 될 텐데. 서로 다른 색과 모양이 얼마나 조화로운 무늬를 이루는지, 멋진 풍경을 만들어 내는지.

내가 이런 이야기를 하자 천사가 내 등을 쓸어내리며 대답했다. 우리가 보잖아. 우리는 알잖아. 그걸로 됐어. 내려가자. 그만 진지해지고.

나는 천사를 향해 얼굴을 들었다. 천사가 장난기 가득한 표정으로 나를 내려다보며 소리 없이 물었다. (왜?)

신호였다.

나는 까치발을 들고 천사의 입술에 재빨리 입을 맞췄다.

첫 키스, 성공!

이종산

사랑보다
대단한   너

이종산

1988년 서울에서 태어났다.

동물원을 배경으로 한 연애소설『코끼리는 안녕,』으로

제1회 문학동네 대학소설상을 수상했다.

장편소설『게으른 삶』과『커스터머』, 에세이집『식물을 기르기엔 난 너무 게을러』를

발표했고, SF 앤솔러지『팬데믹: 여섯 개의 세계』에 참여했다.

식물을 기르며 평화롭고 소박하게 살고 있다.

오늘도 교실에 들어가자마자 수이를 찾았다. 원래는 1초 만에 수이를 찾을 수 있다. 수이는 다른 애들보다 피부가 하얀 데다 다리도 길쭉해서 눈에 잘 띄기 때문이다. 수이를 보면 기린이나 사슴이 생각난다. 몸이 길쭉한 건 기린 같은데 순하면서 어딘지 예민한 얼굴은 사슴을 닮았다. 특히 맑은 눈이 사슴을 떠오르게 한다.

내가 수이를 찾을 즈음 수이도 날 보고 있다. 수이는 날 보면 활짝 웃으며 손을 흔든다. 안경 너머의 두 눈이 초승달 모양으로 휠 때마다 내 가슴은 작게 벅차오른다.

그런데 오늘은 수이가 날 향해 손을 흔들지 않았다. 나도 다른 날보다 수이를 늦게 발견했다. 잘 보니 수이는 자기 자리에 앉아 있었다. 수이를 바로 찾지 못한 건 다른 애들이 수이를 둘러싸고 있어서였다. 서 있는 애들 사이로 수이가 보였다. 수이의 얼굴은 붉게 달아올라 있었고, 어딘지 난처해 보였다. 울기 직전의 얼굴 같기도 했다.

나는 분위기를 살피며 천천히 다가갔다. 작년까지는 선배들이 종종 수이를 괴롭힐 때가 있었다. 동아리에 들어오라든가 어디를 같이 가자든가 하면서 끈질기게 달라붙는 선배들이 있었는데, 거절을 잘 못하는 수이는 매번 쩔쩔매며 힘들어했다.

하지만 올해는 우리가 3학년이 되어서 눈치 볼 선배들이 없다. 그런데 누가 수이를 괴롭힌 거지? 1학기가 시작된 지도 한 달이 넘어서 반에는 벌써 무리가 대충 나뉘었다. 중학교에 들어온 뒤로 나와 수이는 항상 다른 무리에 속해 있다. 나는 비교적 조용한 친구들 서너 명과 함께 다니고, 수이는 반의 중심이 되는 애들과 친하다.

보통 노는 무리가 달라지면 초등학교 때 친했다고 해도 자연스럽게 멀어지는 경우가 많은데 나와 수이는 계속 붙어 다녀서 신기하다는 소리를 듣는다. "너희는 참 신기하다." 다른 애들이나 선생님이 그럴 때마다 겉으로는 덤덤한 표정을 짓지만 속으로는 으쓱해서 날아갈 것 같다. 신기하다는 말이 나에게는 우리 사이가 그만큼 특별하다는 뜻으로 들린다.

수이는 같이 노는 여자애들 대여섯 명에게 둘러싸여 있었다. 여자애들 사이의 친구 관계는 하루 사이에도 뒤집힐 수 있는 것이라 위험하다. 한 명하고만 틀어져도 언제든 무리 바깥으로 튕겨 나갈 수 있다. 실제로 초등학교 때는 나와 수이 둘 다 그런 일을 겪어 봤다. 그때는 죽을 만큼 힘들었지만 지금은 오히려 그때 일들이 고맙게 느껴지기도 한다. 함께 별별 일들을 겪으며 우리 사이는 더욱더 단단해졌다.

무슨 일이 있더라도 난 무조건 네 편이야.

나는 새삼 굳은 각오를 다졌다. 애들이 모진 말을 퍼붓고 있는 것이라면 뺨이라도 한 대씩 갈겨 줄 준비가 되어 있었다.

"그래서? 그래서 뭐가 어떻게 됐다는 건데? 얼른 말해 봐."

양별이 커다란 손으로 수이의 책상을 짚고 특유의 허스키한 목소리로 다그쳤다. 양별은 목소리도 크고 키도 수이보다 더 크다. 아마 전교생 중에서 가장 클 것이다.

수이는 눈을 내리깔고 우물쭈물했다.

"무슨 일이야?"

나는 배에 힘을 주고 용기를 끌어 올려 물었다. 날 가소롭게 보는 경향이 있는 양별은 나 따윈 신경도 쓰지 않고 오히려 더 거칠어져서 수이의 책상을 흔들었다.

"그래서 어떻게 됐냐고!"

수이는 이제 완전히 얼굴이 빨개졌다. 다른 애들은 수이만 쳐다보고 있었다. 수이는 내 눈치를 한 번 슬쩍 보더니 곧 울음이 터질 것 같은 얼굴로 이렇게 말했나.

"나랑 친하게 지내도 되내."

수이가 말을 하자마자 애들이 소리를 질렀다. 말 그대로 '꺄악'. 누가 보면 BTS라도 온 줄 알겠네. 난 레드벨벳이 더 좋지만.

"아, 미치겠다. 걔가 그랬다고? '너랑 친하게 지내도 돼?' 이런 거야?"

양별은 수이를 은근하게 쳐다보면서 목소리를 깔고 남자애 흉내를 냈다. 수이는 "응" 대답하고는 두 손으로 얼굴을 가리고 고개를 푹 숙였다.

"그게 어떤 타이밍이었는데? 자세히 좀 말해 줘."

조용한 성격이지만 얼굴도 예쁘고 공부도 체육도 잘해서 인기 있는 지아가 졸랐다. 수이는 여전히 수줍은 얼굴이었지만 더 뜸은 들이지 않고 말했다.

"정류장에서 버스 기다리는데 걔가 오더라고. 나는 비 피하려고 정류장 안쪽에 있었는데 걔가 애들 사이로 비집고 들어와서 내 바로 옆에 서는 거야. 사실은 그때부터 가슴이 막 두근거렸어."

듣고 있던 애들 사이에서 신음과 비명이 조그맣게 터졌다. 내 가슴에서는 다른 의미의 신음이 났다. 가슴 깊은 곳에서 피가 흐르는 듯한 느낌이 들었다.

"내가 떨려 가지고 그냥 가만히 서 있는데 걔가 '안녕?' 그러는 거야."

다시 비명. 난 피 철철.

"가까이 있으니까 목소리가 귓속으로 훅 파고드는데, 걔가 목소리가 되게 좋거든. 좀 낮은데 남자답게 깊은 목소리? 일부러 그러는지 목소리가 평소보다 낮았어. 그 목소리로 그렇게 가까이서 말을 거니까 가슴이 터질 것처럼 뛰어서 심장 소리가 내 귀에 들렸어."

여기저기서 앓는 소리. 나는 아무 말 없음(목이 메어서).

"그래서 넌 뭐라고 했어?"

다른 애가 물었다.

"당황스럽기도 하고 그래서, '어, 나?' 했더니, 나 맞다면서 웃어. 걔가 날 보면서 웃으니까 머릿속이 하얘져서 나도 그냥 '안녕' 했어."

버스 정류장 풍경이 상상됐다. 수이가 눈을 피하며 한쪽 손을 살짝 들고 "안녕" 하는 모습은 엄청나게 귀여웠을 것이다. 그 남자애가 누군지는 몰라도 코피가 터질 뻔해서 아찔했겠지.

"그럼 그다음에 친해지자고 한 거야?"

"응."

"그러고는?"

"그다음엔 별거 없었어. 걔 타는 버스가 먼저 와서 걔가 나한테 우산 주고 갔어. 내가 괜찮다고 했는데 다음에 학원에서 돌려 달라고 하면서 억지로 쥐여 주고 엄청 빨리 가더라고."

그게 이야기의 전말이었다. 들어 보니 수이도 원래 그 남자애한테 마음이 있었던 모양이었다. 수이에게 좋아하는 사람이 있었다니 충격이었다. 나한테는 한마디도 안 하고서는.

나는 아무렇지 않은 척 내 자리에 가서 앉았지만 표정 관리가 잘 안 됐다. 수이가 학원에 가서 그 누군지도 모를 남자애에게 우산을 돌려주며 또 두근두근한 분위기로 말을 나눌 거라 생각하니 심장과 머리가 한꺼번에 구겨져 버리는 것 같았다.

수업이 끝난 뒤 나는 희망을 품고 수이가 가방을 다 챙길 때까지 기다렸다. 우리는 같은 동네에 살아서 별일이 없으면 항상 등하교를 함께 한다. 학교에서 안 좋은 일이 있었던 날도 수이랑 집에 가면서 얘기하다 보면 마음이 좀 가벼워진다. 수이도 남에게 털어놓지 않는 속마음을 내게는 말한다.

가끔은 부모님보다 수이가 더 가깝게 느껴진다. 사실은 매일 그렇다. 세상은 사람들로 넘치지만 내가 진짜로 좋아하는 사람은 수이 하나뿐이다.

"재명."

가방을 멘 수이가 나를 불렀다.

"응, 오늘 학원 가는 날 아니지?"

나는 알면서 물었다. 수이는 월요일에는 학원에 가지 않는다. 내가 특별한 걸 물은 것도 아닌데 수이는 곤란한 질문을 들은 것처럼 석연치 않은 표정을 지으며 뒤로 물러났다.

"그렇긴 한데……. 오늘은 같이 못 갈 것 같아. 걔가 우산 받으러 온대."

미친놈! 이건 또 무슨 개수작이야. 우산을 받으러 온다고? 그럼 벌써 서로 전화번호 교환까지 한 거야? 나는 속이 부글부글 끓는 걸 참고 애써 미소를 지으며 물었다.

"우산은 학원에서 돌려주기로 한 거 아니었어?"

"응, 근데 걔가 여기로 온다고 잠깐만 보자고 해서."

그때 내 눈에 수이의 기쁨이 보였다. 티는 안 내려 하지만 다 숨겨지지 않는 빛나는 기쁨이었다.

"그래, 그럼 같이 나가자. 정문으로 온다는 거지? 걔 올 때까지 기다려 줄게."

나는 서운한 마음을 애써 누르고 말했다.

"아냐. 사실은 벌써 와서 기다리고 있대서 오늘은 나 먼저 가야 할 것 같아. 미안."

"미안할 게 뭐 있어. 이수이, 좋겠다."

"좋긴 뭐가. 나 갈게. 내일 봐."

"응, 내일 보자. 잘 가."

내 인생에서 가장 쓸쓸한 대화였다. 제길. 나는 좌절에 휩싸인 채 혼자 집으로 돌아왔다. 제일 속상한 건 개가 찾아와서 기쁜 마음을 수이가 내게 숨겼다는 거다. 수이에게 비밀이 생긴 것이다. 나와 나눌 생각 없는 마음이.

그 뒤로 일주일이 흘렀다. 좌절과 슬픔의 일주일이었다. 수이는 나랑 집에 가는 날도 그놈과 메시지를 주고받느라 정신이 없었고 나는 표정이 썩어 가지 않도록 열심히 거짓 미소를 지으며 딴청을 부려야 했다. 일주일 동안 나는 수이와 의미 있는 대화는 단 한 번도 나누지 못했다.

수이는 몸은 내 옆에 있어도 정신은 멀리 가 있었다. 별로 내성적이진 않지만 차분한 성격인 수이가 그렇게 들뜬 건 처음 봤다. 그놈은 차근차근 수이의 경계심을 허물고 있었다. 인맥이 넓은 수이의 친구들은 개에 대한 소문을 부지런히 물어 왔다. 나는 내 자리에 앉아 책을 읽는 척하면서 귀를 쫑긋 세우고 수이의 친구들이 하는 말들을 들었다.

이름은 윤준서. 옆 동네에 있는 남녀공학 중학교에 다닌다. 알고 보니 훈남으로 유명한 놈이었다. 노는 애는 아니고 성격도 좋고 공부도 꽤 하는 편이라 학교에서도 인기가 많다고 한다. 키는 176cm. 수이보다 9cm 크다. SNS는 하지 않는다, 아쉽게도. 그놈 얼굴이 궁금했는데.

수이가 학원에 가는 날이면 친구들이 요란을 떨며 수이에게 화장을 해 줬다. 수이는 싫지 않은 듯 얌전히 앉아서 애들이 얼굴에 팩트를 두드리고 입술에 틴트를 바르도록 놔뒀다. 수이는 맨얼굴이 더 예쁜데. 나는 그런 생각을 하면서도 수이의 더 하얘진 얼굴을 슬쩍슬쩍 훔쳐봤다.

"머리가 좀 길면 좋았을 텐데."

무리 중 하나가 수이의 머리카락을 손으로 빗으며 아쉽다는 듯 말했을 때는 가슴이 반감으로 찌릿했다. 나는 염색하지 않은 검은 머리를 단발쇼트커트로 자르고 다니는 수이의 스타일을 사랑한다. 수이는 친구들의 말에 따라 은색 안경을 벗고 렌즈까지 꼈다. 수이의 친구들은 자신들이 꾸며 놓은 수이를 보며 감탄에 감탄을 했다.

"너무 예쁘다!"

"완전 연예인 같다, 야."

"얘 안경 벗으니까 아이린 닮지 않았어?"

나는 할 일이 있는 척 미적거리며 남아 있다가 난리법석을 뒤로하고 교실을 나왔다. 그 애들의 말대로 수이는 예뻤다. 진짜 예뻤다. 하지만 고작 어떤 남자애 하나를 위해 그렇게 꾸미는 것은 시간 낭비다. 화가 났다.

그런 식으로 자꾸 화나는 일들이 생겼다. 수이가 나랑 있을 때 핸드폰만 보고 있는 것도 싫고, 화장품이 든 파우치를 챙기

이종산

고 다니기 시작한 것도, 멍하니 딴생각에 잠겨 있을 때가 많아진 것도, 친구들과 그 애 얘기만 하는 것도 싫었다.

수이는 내가 못마땅해한다는 걸 눈치챈 듯하면서도 아는 척하지는 않았다. 지금은 날 신경 쓸 겨를이 없을 테니까. 그래도 수이가 학원에 가지 않는 날에는 꼬박꼬박 집에 함께 갔다. 하지만 차라리 따로 가는 것이 낫겠다 싶을 정도로 우리 사이에는 특별한 말이 오가지 않았다.

그렇게 쓸쓸한 날들이 지나갔다. 쓸쓸하고도 쓸쓸한 날들이었다. 수이의 친구들 사이에서 그놈에 대한 평판은 점점 떨어지고 있었다. 한 달이 지나고 두 달이 다 되도록 걔에게서 결정적인 고백이 나오지 않았기 때문이다. 의견은 분분했다. 썸이 지나치게 길어지는 것은 안 좋은 신호라는 애도 있었고, 겨우 한두 날로 판단을 내리는 것은 성급하다며 조금만 더 지켜보자고 말하는 애도 있었다. 양별은 그놈이 수이를 가지고 노는 거라며 벌써 팔팔 뛰었다. 자기가 들은 소문으로는 그놈과 썸을 타는 여자애들이 더 있다는 거였다. 하지만 또 다른 애는 걔가 자기 친구의 친구인데, 인기가 많아서 괜히 헛소문이 난 것뿐이고 실제로는 여자관계가 깔끔하다며 감쌌다.

시끄러운 말들 속에서 수이는 말수가 줄어들고 야위어 갔다. 말을 하진 않아도 그놈 때문에 속을 태우는 게 분명했다.

"재명아."

얼마 전에는 함께 집에 가는 길에 수이가 불쑥 나를 불렀다. 수이가 뭔가 중요한 말을 하려는 듯이 내 이름을 부른 건 무척 오랜만이었다. 나는 괜한 기대에 차서 수이를 봤다.

"응. 왜?"

"넌 누구 좋아해 본 적 없지?"

그 말을 듣는데 왜 가슴이 날카로운 것으로 찔린 것처럼 아팠는지 모르겠다. 나는 응, 하고 말을 얼버무렸다. 내가 누군가를 좋아했다면 수이가 몰랐을 리 없다. 수이는 그렇게 믿고 있었다.

그날 이후로 나는 수이를 피했다. 이제는 수이가 내 옆에서 그놈과 메시지를 주고받을 때 아무렇지 않은 척할 자신이 없었다. 부정하고 싶지만 질투가 났다. 질투가 이렇게 치사하고 깊고 강렬한 것인지 전에는 몰랐다. 가슴 깊은 곳에서 질투가 일면 몸까지 비틀릴 지경이었다.

질투에 사로잡히지 않고 하루를 보내려면 수이를 멀리하는 수밖에 없었다. 며칠은 핑계를 대고 혼자 등교했다. 첫날에는 학교에 가서 할 일이 있다며 평소보다 30분 일찍 나갔고, 다음 날에는 일부러 늦게까지 침대에서 미적거리다가 수이가 집 앞이라고 연락했을 때 방금 일어난 척하며 먼저 가라고 했다. 이제 더 만들어 낼 핑계도 없을 즈음에는 수이도 내게 같이 가자는 말을 하지 않았다.

내가 빤히 보이는 핑계를 대며 거리를 두니 수이도 기분이 좋지 않은지 날 조금씩 무시하기 시작했다. 내가 먼저 수이를 밀어내 놓고도 서운한 기분이 들었다. "요새 무슨 일 있어?" 아니면 "나한테 뭐 섭섭한 거 있어?" 그렇게 한마디만 해 줘도 기분을 풀고 아무것도 아니라고, 그냥 요즘 조금 우울했다고 말했을 텐데.

안다. 내 이런 성격이 다른 사람을 지치게 할 수 있다는 거. 하지만 수이는 나의 꽁한 성격을 쉽게 다룰 줄 알았다. 내가 솔직하지 못하고 내성적인 것을 나쁘게 보지도 않았다. "남을 많이 신경 써서 그런 거지. 배려심이 깊은 거야." 수이가 그렇게 말해 줬을 때는 못나게만 생각했던 내 성격을 처음으로 조금은 긍정적으로 바라볼 수 있었다. 그때의 기쁨은 내 가슴에 반짝이는 스티커처럼 딱 달라붙어 있다.

"둘이 싸웠어?"

우리가 더 이상 붙어 다니지 않자 3학년이 되면서 제일 먼저 친해진 지희가 내게 슬쩍 물었다.

"아니, 그런 거 아냐. 요즘 수이가 좀 바빠서."

웃으며 손을 내저었지만 내 속은 까맣게 탔다. 세상이 무너진 기분인데 진짜 세상은 평소처럼 흘러갔다. 평소처럼 울퉁불퉁하게. 소란이 일어났다가 가라앉았다가 하며. 시끄러웠다가 조용해졌다가 하며.

신경 쓰지 않으려 했지만 수이의 친구들이 하는 말이 툭툭 날아와 귀에 꽂히기도 했다. 처음에는 연예인 가십을 떠드는 것처럼 신났던 그 애들도 점차 심각해져서 목소리를 낮췄다. 양볼마저도 신중해졌다.

그놈은 여전히 고백하지 않았다. 하지만 둘 사이는 진행 중이었다. 그놈의 말 한마디, 행동 하나하나가 수이를 들었다 놓았다 하며 마음을 흔들었다. 그놈이 너만 먹으라며 수이가 제일 좋아하는 과자를 건넨 다음 날, 수이는 종일 행복한 얼굴이었다. 밤새 그놈과 통화하다 한숨도 못 자고 학교에 온 날에는 졸려서 정신을 못 차리면서도 얼굴에서 빛이 났다. 수이의 친구들은 수이가 연애하더니 점점 예뻐진다고 말했다.

나는 이상하게 그 말이 듣기 싫었다. 수이는 변하는 만큼 나와 멀어지고 있었다. 가끔은 수이가 낯설어 보이는 순간도 생겼다. 수이가 낯설게 보이는 순간에는 내가 선 땅 밑이 흔들리는 듯 세상을 살아가기가 두려워졌다. 아주 친밀해서 절대 떨어지지 않을 거라 굳게 믿었던 한 사람이 결국은 나와 독립된 인간이고, 그렇기 때문에 서로 보지 않고도 아무 일 없이 계속 살아갈 수 있다는 것을 새삼 깨달았다. 친했던 친구와 헤어진 것이 이번이 처음은 아니지만 그동안은 이사를 가거나 학교가 달라져서 자연스럽게 멀어진 것이었다.

하지만 나와 수이는 여전히 같은 교실에 있었다. 같은 교실에서 하루의 반을 보내고 같은 동네에 사는데도 따로 떨어진 행성처럼 거리를 두고 지냈다. 아직 보이는데 서로 모르는 사이처럼 말 한마디 나누지 않는 것이 괴로웠다.

언젠가부터 수이는 친구들에게도 그놈과 있었던 일을 거의 말하지 않는 것 같았다. 종일 멍하게 앉아 있거나 한숨을 쉬는 날이 늘었고, 때로는 수이답지 않게 사소한 일로 짜증을 내기

이종산

도 했다. 시간이 갈수록 행복해하는 날보다 얼굴이 어두운 날이 많아졌다.

어느 날은 학교가 끝나고 나오는데 수이와 친구들이 건물 벽에 붙어서 얘기하는 게 보였다.

"대박. 이수이! 웬일이야. 너 그게 첫 키스지?"

지나가는데 그런 말이 귀에 들어왔다.

"조용히 해, 양별. 목소리 왜 이렇게 커."

나와 눈이 마주친 애가 양별의 어깨를 두드리며 입단속을 시켰다.

나는 가던 길을 갔다. 웬지 아무렇지도 않았다. 그럼 이제 그놈이랑 사귀는 건가? 그런 생각은 들었다. 그날은 뭘 해도 별로 재미가 없고 책도 눈에 들어오지 않아서 그냥 밤늦게까지 넷플릭스를 틀어 놓고 있다가 잠이 들었다. 그날 밤 뭔가 속상한 꿈을 꿔서 울면서 깨어났는데 무슨 꿈을 꿨는지는 기억이 나지 않는다.

다음 날 학교에 가면서 나는 각오를 했다.

수이는 어느 때보다 행복한 얼굴로 자리에 앉아 있을 것이다. 이렇게 된 이상 수이와의 냉전도 서서히 풀고 싶었다. 그놈 때문에 수이와 영영 멀어진다는 건 말도 안 된다. 수이가 그놈과 아예 사귀게 됐다고 생각하니 오히려 마음이 후련해지면서 이성도 돌아왔다. 이제 질투로 속이 부글부글 끓지도 않으니 수이가 그놈에 대해 수다를 떨어도 얼마든지 들어 줄 수 있을 것 같았다.

하지만 수이는 그날 행복한 얼굴로 빛나는 대신 종일 멍한 얼굴로 말도 없이 자기 자리에 앉아 있다가 기운 없이 교실을 나갔다. 그러고는 다시 그전과 같은 날들이 반복됐다. 어느 날은 행복해했다가 어느 날은 멍하거나 괴로운 얼굴.

이상하게 실망감이 들었다. 걔 대체 뭐 하는 놈이야. 고백도 하나 제대로 못 하나? 아니면 정말 수이를 갖고 노는 거야? 부디 그놈이 서툴고 어색하고 수줍어서 뭘 어떻게 해야 할지 모르는 것뿐이기를 바랐다. 수이는 누군가가 갖고 놀 상대가 되기에는 너무 좋은 애다.

수이가 얼마나 특별한지 모르는 놈이라면 수이와 사귈 자격이 없다. 그걸 못 알아본다는 게 나에게는 말도 안 되는 일처럼 느껴졌다. 내가 그놈이었다면 수이를 한숨짓게 하지 않았을 거다. 수이를 놓칠까 봐 두려워서 벌써 고백하고 매일 엄청나게 잘해 주면서 알콩달콩 사귀었을 거다. 사귄 첫날부터 결혼하면 좋겠다고 생각했을 거다.

수이가 그놈을 좋아하는 게 분명한데도 아직 그런 일이 일어나지 않았다는 게 나에게는 세계 7대 불가사의보다 더 이상하고 이해되지 않는 미스터리였다.

그렇게 시간이 흘러 여름방학이 얼마 남지 않은 어느 날, 수업이 끝난 뒤 수이가 가방을 메고 내 자리로 왔다.

"오늘 집에 같이 갈래?"

수이가 내 눈치를 보며 조심스럽게 물었다. 원래 마른 애가

이종산

더 말라서는 영양실조 걸린 사슴 꼴이었다. 나는 속으로 혀를 쯧쯧 찼다. 하지만 영양실조에 걸린 사슴의 부탁을 거절할 만큼 매정한 사람은 이 세상에 거의 없을 거다.

나는 하는 수 없이 수이와 나란히 걸어 학교를 나갔다. 수이는 같이 가자고 하고서는 가는 길 내내 아무 말도 없었다. 문득 이상한 열기가 느껴져 옆을 보니 수이가 울고 있었다. 눈물을 뚝뚝 흘리며.

"이수이, 왜 그래? 왜 울어?"

나는 놀라서 물었다. 수이는 길바닥에서 울고 그러는 애가 아니다. 원래는. 그러나 사랑은 '원래'라는 말을 걸레로 훔치듯이 지워 내 버리는 법이다. 나도 원래는 매일 질투가 나서 속을 부글부글 끓이는 사람이 전혀 아니었다.

수이는 아무것도 아니라고 몇 번이나 말하다가 내가 걱정스러운 눈으로 계속 쳐다보자 결국은 우는 이유를 털어놓았다.

"실은 어제 학원에서 나오다가 걔가 어떤 여자애랑 손잡고 걸어가는 거 봤어. 그거 보니까 갑자기 눈물이 확 쏟아지더라고. 그러고 밤에 너무 잠이 안 와서 엄청 고민하다가 걔한테 톡 보내서 아까 어떤 애랑 손잡고 가는 거 봤다고, 누군지 물어봐도 되냐고 했더니 한참 있다가 답 왔어. 자기 여자 친구래. 어이없지?"

수이는 눈물로 젖은 얼굴을 찡그리며 내게 물었다. 어이없냐고? 당연하지. 사랑이 뭔데 널 울게 하는 거야. 사랑 따위가 대체 뭔데.

"완전 어이없다. 아냐, 잘됐어. 그런 놈이랑 더 안 엮여서 다행이야. 먼저 친하게 지내자고 할 때는 언제고. 완전 미친놈이네. 개 같은 새끼."

평소에는 쓰지도 않는 욕이 내 입에서 나오자 나에게도 어색하게 들렸다.

"욕하지 마. 그래도 걔 그렇게 나쁜 애는 아니야. 나한테 전화해서 사과도 했어. 처음에 나 좋아했던 건 맞는데 친해져 보니까 나랑은 친구로 지내는 게 더 좋았대. 그 여자애는 작년까지 1년 넘게 사귀었던 전 여친인데, 걔가 나랑 잘 지내는 거 보고 질투가 난다고 울면서 전화했다더라고. 얘기하다 보니까 자기도 아직 그 여자애한테 마음이 남은 것 같아서 다시 만나기로 한 거라고……. 나쁜 놈, 진짜."

"나한테는 욕하지 말라며."

"몰라. 난 할 수 있는데 듣는 건 기분 나빠. 진짜 나쁜 놈. 나랑 키스까지 해 놓고. 난 처음이었는데."

수이는 거기까지 말하고는 울음이 터져서 길에 서서 엉엉 울어 버렸다. 수이가 운다. 웬만한 일에는 울지 않는 수이가. 보기보다 자존심이 세서 남 앞에서는 눈물도 안 흘리는 수이가. 사랑에게 화가 난다. 사랑 따위가 대체 뭔데 수이를 울린단 말인가.

"야, 네가 왜 울어? 사랑 같은 거보다 네가 훨씬 더 대단해. 울지 마."

그 말을 하는데 나도 눈물이 핑 돈다. 내 첫사랑의 첫사랑이 끝났다. 좋아야 하는데 좋지만은 않다. 위로하고 싶은데 내가 눈물이 더 나는걸.

"이게 뭐야. 길에서 창피하게. 왜 네가 나보다 더 서럽게 울어. 우리 집 갈래?"

수이가 손으로 눈물을 닦으며 날 달래고 나는 고개를 끄덕인다. 벌써 우리 사이가 예전으로 돌아간 기분이 든다. 아마 당분간이겠지만. 수이가 다음 사랑에 빠지기 전까지.

그것만으로 괜찮아?

나는 스스로에게 묻는다.

괜찮아. 어쩔 수 없지.

가끔은 스스로에게 거짓말을 할 때도 있다. 나는 원래는 거짓말을 싫어하지만 사랑은 '원래'라는 말을 지우는 법이다.

하울링

김보라

김보라

시집 한 권 읽어 본 적 없는 공대생이었다.
아우팅 이후 시를 쓰게 되었고, 몇몇 독립문예지에서 시를 발표했다.
1990~2000년대 여성 동성애 소설과 레즈비언 페미니즘에 관한 연구로 국어국문학
석사학위를 받았다. '무지개책갈피'에서 기획한 퀴어 아포칼립스 앤솔러지 소설집
『무너진 세계의 우리는』에 참여하면서 퀴어 소설을 쓰게 되었다.
파트너와 함께 살며, 다양한 퀴어의 이야기를 할 수 있는 방법을 찾고 있다.

수영아,

우리가 사귀는 건 생각해 본 적이 없어. 네가 나한테 고백하는 것도 상상 못 한 일이고, 연애하는 것도 생각해 본 적 없거든. 연애 경험이 없으니까 상상도 할 수 없었던 것뿐이라고 하면 이해돼? 별 핑계를 다 댄다고 생각할까 봐 마음이 조금 무거워.

상상도 경험의 범위만큼만 가능한 거더라. 네가 아무리 나를 언니라고 불러도, 네가 선배 같잖아. 나는 연애 한번 해 본 적 없는 사람이고, 너는 몇 번 연애해 본 사람이고. 너는 풀 수 없는 미적분을 내가 풀 수 있는 거랑 비슷한 거야. 뭔지 알겠어?

언니는 며칠 고민해 보지도 않고, 도전도 안 해 보고 피하는 거냐고 따질지도 모르겠다. 너라면 그럴 수도 있을 것 같은데, 나도 모르겠다. 이 글을 쓰면서 내 생각이 어느 쪽으로든 정리됐으면 좋겠어.

나는 첫 연애를 그럴듯한 말로 포장할 수 없는 것 같아. 그냥 저지르거나 저지르지 않거나. 너는 그런 게 도전이라고 하겠지. 그렇다고 해서 너를 치기 어린 애로 보는 건 아니야. 나도 겨우 열여덟이잖아.

　나는 아직 첫 번째 기차야. 아, 엊그제 서울 가는 기차표를 살 때에야 우리 동네에선 기차를 갈아타야 서울역에 갈 수 있다는 걸 알았어. 시골은 시골이지? 배웅해 줘서 고마워. 기차를 타니까 긴장이 풀렸는지, 금방 졸음이 쏟아졌어. 깜빡 잠들어 버리면 환승역에서 못 내리니까 핸드폰으로 이것저것 보고 있었는데, 자꾸 니 말이 맴도는 거야. 어떤 말이든 빨리 답해 줘야 할 것 같았어. 노트를 꺼내서 덜컹거리는 기차에서 글씨를 쓰고 있어.

　기다리는 시간은 언제나 불안하잖아. 네가 나 때문에 힘들지 않았으면 좋겠어. 확실한 대답을 줄 수 없거나 네가 기대하지 않았던 대답을 쓰게 된다고 해도, 기다림보단 나을 거야.

　엊그제 기차표 사러 갔을 때 말야. 매표소에서 서울이요, 했더니 서울 어디로 가냐고 묻더라고. 서울이면 서울역 아닌가? 다른 역도 있나? 당황하지 않은 척 그냥 서울요, 했더니 직원이 물끄러미 나를 쳐다봤어. 서울역으로 끊어 줄게요. 갈아타야 하는데 괜찮아요? 고개를 끄덕거렸는데, 서울역으로 가면 안 되는 건가 불안했어. 너한테 연락해서 물어볼까 하다가 왠지 쪽팔리잖아. 너 혼자 여기까지 오기엔 너무 멀다고, 언니인 내가 그쪽으로 가겠다고 당당하게 말했는데 말이야.

　직원이 표를 건네면서 몇 살이냐고, 서울엔 왜 가냐고 묻더

라. 고2라고 답했더니 중학생인 줄 알았다고 허허 웃더라고. 물론 나쁜 의도는 아니었겠지. 가출 청소년이라고 의심했을 수도 있고, 왜 이 추운 날 혼자 서울까지 가나 걱정했던 걸지도 모르지. 하지만 듣는 나는 기분 나쁘더라. 어른들은 항상 그럴듯한 이유를 갖다 붙이고, 아무렇지 않게 예의 없는 행동을 해. 우리가 사람답게 행동하지 못할 거라고, 애니까, 애들은 언제나 사고를 치니까, 라고 생각하는 것 같아서 싫어.

이런 생각을 하는 것부터가 내가 어리다는 증거일까? 네가 애처럼 보이지 않았으면 좋겠다고 한 것처럼 나도 그냥 사람으로 보였으면 좋겠다. 귀찮은 듯이, 의심스러운 듯이, 이상하다는 듯이 바라보는 어른들이 불편하고 불쾌해.

너에게도 내가 그냥 사람이면 좋겠어. 나는 영원히, 무례한 어른이 되고 싶지 않아. 기차는 만 13세 이상이면 성인으로 친다는 것도 그날 알았어. 만 13세 이상. 중3이라고 했던 네가 떠올랐어. 너도 기차에 오를 땐 성인이야. 하지만 아무도 우리를 성인들과 똑같이 대하지 않겠지. 성인이 아니라서 누릴 수 없는 권리에 대해 생각해 본 적 있어? 2학기 때 학교에서 복장 규정이나 청소년 투표권을 예로 들어서 청소년의 권리에 대한 토론을 한 적이 있어. 생각보다 많은 애들이 흥분해서 이런저런 이야기를 하더라. 난 잘 모르겠어. 나도 내가 어른스럽지 않다고 생각하니까 '권리'가 있다는 생각은 못 했던 것 같아. 나는 어른이 되기도 싫고, 어른들에게 함부로 다뤄지기도 싫어. 그게 다야.

이런 얘기를 만났을 때 했으면 더 좋았겠다. 그치? 미안. 만나서는 말도 별로 안 하고…….

긴장했어. 진짜야. 처음이라서.

영등포역으로 오는 게 만나기 편할 거라고 알려 줘서 고마워. 덕분에 출발하기 전에 영등포행으로 표를 바꿨어. 서울에 지하철역이 많은 건 알고 있었는데, 기차역도 그렇게 많은 줄은 몰랐어. 영등포역, 서울역, 용산역, 청량리역, 이름도 제각각인 기차역들이 다 서울이구나. 진짜 촌스럽지?

어젯밤에 너네 집에서 재워 준 것도 고마워. 언니가 있다는 게 부러웠어. 직접 말하고 싶었는데 말이야, 무슨 일이든 편하게 이야기할 수 있는 언니가 있어서 좋겠다. 거봐, 나이는 아무 상관도 없는 거야.

그래서 네가 나를 언니라고 부를 때마다 깜짝깜짝 놀랐어. 언니라고 불리는 건 참 묘하구나, 부끄럽기도 하고. 싫은 건 아니었어. 자꾸 내가 작아지는 것 같아서 도망가고 싶었을 뿐이야. 자꾸 부끄러웠는데, 왜 그랬을까?

카페에서 네가 대뜸 이상형이 뭐냐고 물었잖아. 나 뭐로 세게 한 대 맞은 것 같았다? 니가 막 웃었잖아. 내 벙찐 표정 보고. 내가 별난 건지, 네가 별난 건지. 또래 레즈비언을 만나 보고 싶었을 뿐인데, 뭐 하나 예상할 수 있는 게 없었어.

난 첫사랑도 겨우 네 나이 때나 해 봤고, 내가 여자를 좋아한다는 사실을 안 것도, 여자가 여자를 좋아하는 게 세상 사람

김보라

들 눈에는 이상한 일이라는 것도 그때나 알았단 말이야. 이런 만남이 익숙해 보이는 네가 조금 이상해 보였어.

그리고 이 모든 게, 네가 서울에 살아서 가능한 일인 것만 같았어. 네가 특이한 것도 아니고, 유달리 빠른 것도 아니고. 그저 나보다는 이런 세계를 경험할 수 있는 기회가 많았던 거겠지. 서울에 사는 애들은 뭐든 능숙하겠지.

네가 했다는 수많은 연애도 다 가짜 같았다? 거짓말한다고 생각한 건 아닌데, 믿기지 않기도 했어. 웹툰이나 드라마에나 나올 것 같은 이야기. 그러니까 실제로는 일어나지 않는 일이라고 생각했거든. 내가 경험이 없어서도 그렇겠지만, 꼭 나만 그런 건 아닐 거야. 예를 들어서 우리 동네 애들이라면 누구나 "진짜야?"라고 할걸. '여고 걔랑 걔랑 사귄다고? 데이트하는 거 봤대? 교복 입고 돌아다니면 어디 학교인지 다 알잖아. 에이, 그냥 친구들끼리 논 거겠지. 진짜면 미친 거고.' 내 친구들도 다 이런 식으로 생각할걸?

조금만 건너면 모두 아는 사이인 동네는 무서워. 알고 보면 친척이고, 친구의 친구고, 가족의 동창 동네니까 애도 어른도 절대 소문날 짓은 하지 않지. 법을 어길지언정 동네 사람들 입에 오르내릴 만한 유별난 행동은 하지 않아. 절대.

그리고 딱 나처럼, 경험이 없으니 상상조차 할 수 없는 거야. 학교에서 누가 레즈래, 게이래 한번 말이 나오기 시작하면 반나절 만에 온 천지에서 말이 도는 곳이니까. 동성애라는 걸 상상도 못 하는 사람들이 태반인 곳이니까. 어때? 상상돼?

그러니까 네가 해 봤다는 연애들도 나한테는 드라마 장면 밖에 안 되는 거야. 딴 나라 이야기 같았고. 교복 데이트를 하고, 뽀뽀 사진을 찍어서 SNS에 올리고, 심지어는 학교에서 대놓고 스킨십하고. 진짜? 중학생들이? 대학생도 아니고, 일반 커플도 아니고, 중학생 여자애들이 그런 걸 한다고? 진짜 있는 일이야? 정말 가능한 거냐고 계속 묻고 싶었지.

이상했어. 불가능하다고 알고 있던 것들이 전부 가능하다는 걸 알게 됐잖아.

수영아, 서울에 살아서 좋겠다.

나는 여고에 다녀. 중학생 때 내가 여자를 좋아한다는 걸 알고 난 뒤에 여고에 대한 환상이 생겼거든. 아무래도 여자들만 있으니까 레즈비언도 몇 있겠지? 언니들이랑 동아리 활동도 하고, 멋진 선배랑 썸을 탈 수도 있겠지? 상상하면서 괜히 설레고 그랬어. 뭐 현실은 전혀 아니었지만.

그래도 작년에 같은 반 애가 자기 친구를 소개해 줬는데, 알고 보니 걔도 퀴어였어. 진짜 그게 다야, 나의 퀴어 세계는.

걔가 레즈비언 영화 몇 편을 추천해 줬어. 미국이나 유럽에서 만든 영화들이었는데, 진짜 여자 둘이 데이트하고 연애하는 장면들이 나오니까 가슴이 간질거렸어. 하지만 결국 어른들의 연애더라고. 그래서 금세 흥미가 사라졌는데, 《펑거스미스》나 《앤 리스터의 비밀 일기》 같은 작품은 눈이 즐거워서 몇 번이나 다시 봤어. 《프라이드 그린 토마토》, 《캐롤》처럼 예전 미국이 배경인 영화도 좋았고. 가장 최근에 본 건 《에이미와 야구아》야. 2차 세계대전이 배경이라서 특이해.

하지만 나는 역시 아시아 영화 특유의 감성이나 푸른 화면 색깔이 좋아. 사용하는 필름 자체가 다른 건가? 잘 모르겠다. 하지만 시간적으로도 뿌연 안개가 낀 이른 새벽이라든지, 밤이 깊어 갈 때처럼 푸른 어둠이 배경일 때가 많은 것 같아. 특히 2000년대 영화들이 풋풋하고 진짜 사랑스러워. 십대 주인공들이 많이 나와서 좋고!

나는 내가 본 영화에 나오는 로맨스를 꿈꿨던 것 같아. 나는 산골에서 태어났고, 지금도 지방에 사니까. 좋아하는 애가 학교 가는 시간에 맞춰서 자전거를 끌고 나타나고, 점심시간에 같이 밥을 먹고, 단둘이 생일 케이크 촛불을 끄고, 여름밤에는 집에서 몰래 나와 학교 운동장에서 폭죽놀이를 하는. 딱 그 정도. 그게 내가 상상할 수 있는 연애의 전부야.

하지만 현실은 그보다도 더 좁은 세계지. 나는 학교 앞 주공 아파트에 살아서 버스를 탈 일조차 없네. 반쯤 감긴 눈으로 걸어가고 있으면 같은 반인 애도 2반인 쟤도 3반 개도 어느새 다 같이 학교에 가고 있어. 그런 동네다 여긴.

맞다. 너는 지하철 타고 학교 가는지 버스 타는지 물어보고 싶었는데. 도대체 어제 만나서는 아무 말 못 하고 왜 이제야 쏟아져 나오는 건지.

네가 하는 이야기 전부 별 같았어. 네 입에서 빛나는 별들이 계속해서 쏟아졌어.

나는 너처럼 반짝거리는 게 없으니까 자꾸 울컥하고, 짜증 나고……. 그러니까 부러운 거랑은 좀 다른 거였는데, 뭘까? 너의 지난 연애들, 네가 오프로 만나 본 사람들, 태국 여행에서 봤다는 트랜스젠더들의 행진, 언니와 캐나다에 가서 본 것들, 특히 도서관에 있었던 성 중립 화장실에 대한 이야기는 진짜 충격이었다.

난 진짜 얼마나 작고 이상한 곳에 있는 걸까?

무엇보다도 언니를 따라 캐나다에 가게 된 이유를 말해 줬을 때가 자꾸 떠올라. 자매가 깔깔 웃으며 자지러지던 장면도 오랫동안 기억에 남을 것 같아. 진짜로 그런 세상이 있다는 게 신기해. 다행이라고 생각했던 것도 같고. 그런 세계를 알려 줘서 고마워.

서로 첫사랑이나 첫 경험에 대해 얘기해 보자고 했을 때, 별말을 할 수 없었던 것도 그 때문이야. 내 경험은 전혀 유별나지 않더라고. 널 만나기 전까지는 내 첫사랑이 무척 특별하고 특이하다고 생각했어. 그래서 때때로 자랑스러울 정도였는데, 너나 네 언니가 듣기에는 별거 아닌 이야기일까 봐. 그럼 내 유별난 첫사랑이 정말 별거 아닌 게 될 것 같았어.

그러니 나는 서울에 사는 너를 부러워하고, 호쾌한 어른인 너희 언니 이야기에 감탄할 수밖에. 맞아. 일반적이지 않은 것, 유별난 것, 특이한 것. 나는 그런 게 좋아.

내가 일반적이지 않았으면 좋겠어. 일반적이지 않은 네가

김보라

멋있어 보였고.

우리 어플에서 처음 대화했을 때 말이야. 기억나? 네가 〈언니한테 내가 애처럼 보이지 않았으면 좋겠어요.〉라고 말했잖아. 그리고 자연스럽게 이야기가 이어졌지. 〈너무 티 나지 않는 분이면 좋겠어요.〉, 〈긴 머리가 좋아요. 중성적인 분은 죄송요.〉 나는 이런 말을 어떻게 받아들여야 할지 모르겠다고 했잖아. 자기가 선호하는 타입을 미리 알리고 이상형과 만나고 싶은 게 이상한 건 아니지. 일반들보다 기회가 적으니까 더 그럴 거고.

하지만 제한된 상대와 대화하면 뭐가 다를까? 대화가 더 자연스럽게 흘러가나? 어떻게 정해 둔 사람과 사랑을 하게 되는 걸까? 내가 이렇게 말하면 너는 나보다 더 어른스러운 얼굴로 "사랑이랑 연애는 완전히 다른 거긴 하죠." 할 것 같아.

신기하다. 다들 능숙해 보여. 나만 서투른 레즈비언이야. 하나도 레즈 같지 않은 레즈.

나는 곧 기차에서 내려. 서울에 가기 전에는 그저 설렜고, 서울로 올라가는 기차에선 내가 정말 구석진 동네에 산다고 생각했는데, 집으로 돌아가는 지금은 서울이 생각보다 가까운 것 같아.

수영아, 내 이름은 유영이야.
어른스럽고 능숙한, 나랑 전혀 다른 사람. 진짜 레즈 같은 수영아. 나는 계속해서 그런 너를 지켜보고 싶어. 그리고 나도 그렇게 되고 싶다. 내가 너랑 비슷해진다면 내 첫사랑 이야기를 해 줄게. 언젠가 첫 연애도 해 볼 수 있으려나! 여전히 전혀 상상 안 되는 일이지만.

나한테 사귀자고 해 줘서 고마워. 그리고 미안해. 나는 아직 너무 서툴고, 그래서 자꾸 실수만 할 거야. 웃어 주고 싶은데 굳은 얼굴로 마주하거나, 전화를 걸어 놓고도 아무 말 못 하는 애인이 되긴 싫어. 이 편지도 보낼 수 있을지 모르겠다. 나는 이미 집으로 내려가는 기차고, 너는 언니랑 서울에서 멋지게 살아가겠지. 수영이든 유영이든 우리, 이대로 떠다녀도 될까?

2018-12-22 pm.10:14
유영

✢

언니,

언니가 이름을 알려 주지 않아도 괜찮았어요. 언니라고 부르는 게 너무 좋았거든. 나한테 '언니'라는 단어는 좀 특별하고 두근거리는 호칭이에요. 우리 처음 만난 날, 우리 언니 부르는 거 들었죠? 정수인! 정수인 씨! 저기요, 정수인 님? 아직도 그렇게 불러요.

김보라

언니, 나는 이제 고2예요. 언니가 나를 처음 만났던 그때 그 나이가 됐어요. 나 또한 어느 순간 여고에 대한 환상을 가지게 됐고, 똑같이 설렜고, 똑같이 실망했어요. 언니가 이것도 저것도 처음이었던 나이가 됐는데, 나는 처음인 게 별로 없는 것 같아요. 그래서 언니가 보낸 편지를 발견했을 때 놀라움의 크기만큼이나 언니가 부러웠어요.

이제 성인이 되었을 언니. 언니는 가끔 그때 내가 떠올라요? 아직도 애 같지 않았다고 생각해요? 언니는 지금도 이상한 어른이 아닐 것 같고, 사람을 사람으로만 볼 것 같아요.

맞아요. 나는 서울에 살고, 그것 말고도 누린 게 많아요. 대학생인 언니를 따라 캐나다에도 다녀왔고, 방학 때마다 해외여행도 다녔어요. 지금도 내가 하고 싶은 걸 하며 살 수 있어요. 돈 있는 부모 덕분이고, 서울에 살아서 뭐든 더 쉽다는 것도 인정해요.

올해부터 입시 미술을 하고 있어요. 아빠는 날 사람으로 보지 않아요. 자기가 저지른 일의 결과를 책임지고 있을 뿐인? 대충 그런 건데, 대놓고 말하지는 않으니까 그럭저럭 살 만해요. 엄마는 교회에 의지해 살고요. 나는 적당한 믿음을 적당히 연기하면서 매주 엄마랑 교회에 가요. 역시 거짓말을 하고, 연기하고, 엄마는 진실을 알면서도 모르는 척하고. 알고 싶지 않은데, 어쩔 수 없이 알게 되는 것들이 있잖아요. 엄마는 아빠랑 결혼한 뒤로 한 번도 내 엄마였던 적이 없어요. 왜 그런 남자랑 결혼해야 했을까? 맞아. 내가 생겼으니까.

어쨌든 나는 괜찮아요. 오히려 제일 안타까운 사람은 우리 언니잖아요. 정수인. 그런데 언니는 여동생이 생겨서 좋다고 했어요. 하지만 엄마까지 좋아할 순 없었나 봐요. 나는 정수인의 동생이 되었지만, 엄마는 정수인의 엄마가 못 됐어요. 정수영 엄마는 정수인의 엄마가 될 수 없다는 게 늘 불안하고, 서러운가 봐. 그래서 자꾸 기도하고 매달리고 또 기도하는 거겠죠. 겨우겨우 살아 내면서 아닌 척하니까 답답해요. 나한테 엄마까지 안타까워할 여력은 없어요. 나는 정수인 정도만 감당할 수 있어요. 내가 정말 사랑하는 사람만 생각하고 싶어요.

스무 살이 되니까 어때요? 이제 어른으로 받아들여져요? 나는 가끔 외모 때문에 성인으로 오해받지만, 여전히 어른일 수는 없는 것 같아요. 주민등록증이 생겼지만 내가 한국인이라는 증거밖에 안 되고, 써먹을 데도 없어요. 차라리 학생증이 더 유용하니까 나는 아직 어른도 아니에요.

언니에게 들려줬던 만남이니 연애니 하는 것들은 전부 거짓말이었어요. 잘나 보이고 싶은 중이병 같은 건 아니었고, 애처럼 보이기 싫었거든요. 어떤 이유든 핑계겠죠? 미안해요. 하지만 나는 정말 언니한테 어린애로 보이기 싫었어요. 상대하기 귀찮은 중학생이나 진짜 생각 없는 애가 되기 싫었어요.

그런데 중학생이 그 많은 연애를, 진짜 그런 데이트를 해 봤다고 믿을 줄이야. 동그란 눈으로 쳐다보기만 하고, 얼마나 황당했다고. 아니 잠깐, 이 언니 진짜로 다 믿는 거야? 그러니까 거짓말이라고, 언니 놀려 먹는 거라고 말할 타이밍을 완전 놓쳤어요. 어떻게 말해. 다 구라라고.

언니랑 사귀고 싶었던 건 진심이었지만 사랑 같은 건 아니었어요. 내가 뭘 알았겠어요. 지나고 보니 딱 언니가 말한 거랑 비슷한 마음이었어요. 언니랑 조금 더 이야기하고 싶은 거, 거짓말하지 않고, 있는 그대로의 모습을 보여 주고 싶은 거. 그래서 메시지도 통화도 계속하고 싶고, 계속 언니 언니 부르고 싶었고요. 언니는 어떤 사랑을 해 봤는지, 어떤 연애를 꿈꾸는지, 어떤 것까지 감당할 수 있는지, 언니의 쌍둥이는 어떤 사람인지, 엄마 아빠가 언니의 성 정체성을 알게 되면 어떡할 건지, 아니면 먼저 커밍아웃을 할 생각인지. 묻고 싶은 것도 듣고 싶은 것도 많으니까 나랑 조금만 더 같이 있자고 말하고 싶었어요. 나는 그런 게 사귀어야만 가능할 거라고 생각했나 봐요. 나 애기였잖아요.

뭐 다 지난 얘기지만, 언니 외모도 마음에 들었고요. 어른스러워 보이면서도 아이 같아서 너무 귀여웠어요. 그래서 대뜸 사귀자고 한 것도 있을 거예요.

그 후로도 연애는 못 해 봤어요. 오프는 많이 해 봤죠. 그날 이후로 언니가 더 이상 연락을 하지 않길래 내가 마음에 안 들었나 보다 했거든요. 그래서 바로 다른 사람들이랑 오프 하고 그랬어요.

아휴 씨. 나 진짜 상처받았어요. 편지를 보냈을 거란 생각

97

을 어떻게 했겠어요. 그리고 정수인이 편지를 숨겨 뒀을 거란
생각은 또 어떻게 해요. 정수인이랑 한판 했어요. 왜 남의 편지
를 숨기냐고. 진짜 미친년인가? 내가 정수인한테 평생 속으면
서 살았나? 별별 생각이 다 들었는데 정수인은 그냥 내가 상처
받을까 봐 그랬대요. 그리고 진짜 연락을 할 생각이라면 너한
테 메시지든 뭐든 보냈겠지! 하고 소리를 지르는데 가슴이 턱
막혔어요. 아니 그런데 애초에 남의 편지를 왜 지가 뜯어 봤대
요? 또 어이없네.

　얼마 전 정수인이 결혼해서 나갔어요. 나는 혼자 살게 됐
고. 엄마 아빠 앞에서 매일 연기하는 건 너무 피곤한 일이에요.
아빠는 어차피 나한테 관심이 없으니까 됐고, 엄마는 매주 교
회에서 만나면 되고요. 그래서 별 무리 없이 혼자 살 수 있게
됐어요. 아 이게 중요한 게 아니지. 아무튼 정수인 결혼 때문에
같이 짐을 정리하다가 언니 편지를 발견한 거예요. 참 나 이거
야말로 퀴어 영화 아니에요? 영화보다도 일반적이지 않은 사
건이잖아요. 봐요. 친언니가 동생이 동성애자인 걸 알고 있다.
동생이 고백한 여자애에게서 편지가 왔는데 아무래도 차인 것
같다. 그래서 동생이 상처받을까 봐 편지를 숨겼다…….

　대단한 정수인이야, 진짜.

　언니랑 한바탕하고 난 뒤에 문득 신기한 거예요. 우리 집
주소를 어떻게 알았지? 언니랑 연락했던 당시를 기억해 내려
고 수업 시간에도, 쉬는 시간에도, 밥 먹을 때도, 심지어 화장실
에서도 언니 생각을 했어요. 언니, 언니, 언니…… 내가 언니한

테 집 주소를 알려 줬던가? 아니, 그런데 이 언니는 왜 메신저로 해도 될 말을 편지로 보냈을까? 편지 보낸 뒤에도 메시지는 보낼 수 있지 않나? 내 메시지를 기다렸나? 편지를 읽은 뒤에 내가 괜찮아요, 우리 계속 친구 사이로 지내요, 연락해 주길 기다린 건가? 그럼 언니도 슬프고 아쉽고 그랬나? 와, 이게 무슨 로맨스야. 그러다가 나도 언니한테 편지를 써야겠다 생각을 하게 된 거예요. 난 손글씨가 더러우니까 컴퓨터로 쓰고 프린트해서 보낼 거야. 어쨌든 나는 언니가 보낸 편지 봉투를 가지고 있으니까요. 지금도 거기 있을까? 아직도 자기 자신이 촌티 나고 서툴러서 부끄러워하고 있을까? 수영이라는 이름은 기억할까?

언니가 영화를 좋아했다는 것도 그때 알았다면 더 좋았을 거예요. 그때 난 미국 퀴어 드라마를 보면서 우리나라에 퀴어 타운을 만들어야겠다는 상상을 하곤 했으니까. 그때 언니 편지를 읽었다면 전부 찾아봤을 거예요. 그때 그 영화들을 봤으면 어땠을까. 나 드디어 그 영화 봤다고, 같이 영화 얘기를 했으면 어땠을까.

지금 나는 영화를 좋아하고, 그림을 그리는 사람이 되었어요. 작년엔 퀴어 영화제에도 다녀왔어요. 나는 퀴어 영화라면 뭐든 봐요. 꼭 레즈비언 영화가 아니어도요. 맞다! 서울 국제 프라이드 영화제도 다녀왔다. 거기서《텔 잇 투 더 비즈》봤어요. 언니도 봤어요? 고3이었으니까 영화 볼 시간은 없었을 수도 있겠네요. 수능 끝난 뒤였나? 그리고 또 최근에 뭐 있었지? 아!《타오르는 여인의 초상》봤죠? 언니라면 왠지 혼자 영화관 가서 봤을 것 같아. 나는 같이 보러 갈 사람 구하려고 어플에 글 썼는데 잘 안 됐어요. 내가 성인이 아니라서 그런 건가, 또 그런 생각을 했죠.

나는 여전히 그 영화 같이 볼 사람을 찾고 있어요. 왠지 혼자 보긴 싫고, 애인이 생기면 둘이 붙어서 꽁냥꽁냥 보고 싶어요. 이야기가 해피엔딩인지 새드엔딩인지 모르지만 상관없어요. 서로의 사랑을 확인하고, 연애하거나 결혼을 하고, 해피엔딩으로 가야만 로맨스인 건 아니잖아요. 그런 로맨스만 해피엔딩인 것도 아니고.

언니, 나는 계속해서 넘치는 로맨스 속에 있었어요. 첫사랑이라 부를 만한 사람도 있었고, 언니와의 일도 그랬고. 예쁘고 사랑스러운 사람을 바라보는 순간이 로맨스인 것 같아요. 떠올리기만 해도 설레고, 시도 때도 없이 두근거리는 때! 난 언제나 누군가를 사랑스러운 눈길로 쳐다볼 수 있으면 좋겠어요. 우리 아빠처럼 영혼이 없는 눈으로는 아무것도 못 그릴 거예요. 그렇다고 자신을 잃어버린 엄마처럼 돼서는 무엇도 할 수 없을 거고요. 정수인처럼 사는 것도 괜찮죠. 그런데 난 정수인만큼 단단하고 선명한 사람은 아닌 것 같아요.

언니는 유영이라고 했죠. 쌍둥이 이름은 뭐예요? 언니는 그 사람을 뭐라고 불러요? 언니가 어떤 사람인지 잘 알고 있나요? 물어볼 게 이렇게나 많은데 연락이 없는 나를 어떻게 생각했을

김보라

지 갑자기 조금 겁이 나요. 화도 나고. 왜 나한테 연락 안 했어
요? 언니가 찾던 사람이 아니었어요? 그렇게까지 간절한 건 아
니었어요?

정수인도 패씸하지만, 언니도 짜증 나요. 그런데 난 이렇게
편지를 쓰고 있고…….

능숙하지 않아서 부끄러워하고 부러워했다는 언니. 그런데
요. 무례하지 않은 어른이라는 건 서투른 아이에 가깝지 않을
까요? 그러니까 언니는 무례하지 않은 사람이 되었을 거예요.
무례하지 않은 어른이 되었을 수도 있고요. 하지만 언니는 영
원히 어른이 되고 싶지 않다고 말할 것 같아요.

언니는 충분히 일반적인 사람이 아니에요. 유별나고 특이
한 거 말고, 유일하고 특별한 거라 말하고 싶은데, 그것도 별론
가? 그땐 십대였으니까 또래들 사이에 잘 어울려 있으면서도,
개성적이고 싶은 게 당연하잖아요. 물론 우리는 퀴어라서 언제
나 일반적이지 않지만.

왜 항상 우리가 다른 것에 대해 말해야 할까요? 당연히 모
두가 다른데 말이에요.

요즘 내 성 정체성에 대해 다시 고민하고 있어요. 특히 내
몸에 대해 자주 생각해요.

그러다 보면 가족이나 부모에 대해서도 생각해 보게 되고
요. 내가 레즈비언이 된 건 이상한 가족들 사이에서 자랐기 때
문이라고 생각하는 사람들도 있잖아요. 정상적인 가정에서 자

랐다면 정상적인 성 역할을 보고 배웠을 거라고 말하는 사람도 있고요. 이건 내가 실제로 들은 말이에요. 동네 아저씨나 교장 선생님이 말한 게 아니고, 중학교 성교육 시간에 우리 반 애가 했던 말이에요. 제대로 된 가정에서 자란 아이들은 정상적인 성 역할을 보고 배웠기 때문에 자기 성 정체성에 혼란을 느낄 필요가 없고, 이상한 방식으로 일탈할 필요도 없다고.

다음 날 학교로 전화가 왔어요. 성교육 시간에 애들한테 도대체 뭘 가르치는 거냐고. 한두 명도 아니고, 온 동네 학부모들이 항의 전화를 했대요. 성 소수자를 이해한다던 애들도 항의 전화를 건 부모들이 유난하다고는 안 하더라고요.

그때, 우리 중에서도 나는 좀 더 특별하다는 걸 알게 됐어요. 정확히는 우리 집이 특이하다는 걸 알게 됐어요. 학교에 바이 친구가 있었는데, 자기 집도 난리가 났다고 했거든요. 너도 동성애가 괜찮다고 생각하는 거 아니지? 주변에 그런 친구 있는 건 아니지? 애를 붙잡고 캐물었대요. 들킬까 봐 너무너무 무서웠다고, 심장 토하는 줄 알았다고, 내 얼굴을 뚫어져라 쳐다보며 말했어요. "너도 들키지 않게 조심해." 하고 가는데, 어떻게 반응해야 할지 모르겠더라고요. SNS에서 다른 퀴어 친구들한테 얘기했더니 걔들도 우리 집에서는 별일 없었냐고 걱정했어요. 어떤 애는 "그게 너네 학교였어?" 하고 기겁하더라고요. 부모님한테 들키지 않게 특히 더 조심하라고…….

나 빼고 모두가 다 이상하게 느껴졌어요. 이게 기사로 뜰 만한 일이야? 학교에서 성 소수자나 동성애에 대해 가르치는 게 염려할 만한 일이야? 자기 자식이 동성애자라고 커밍아웃을 한 것도 아닌데?

우리 가족이 특이한 거구나 생각하게 됐죠. 아빠가 나에게 관심이 없어서 다행이다. 엄마가 나를 모르는 척해 줘서 다행이다. 언니는 내 모든 걸 알고도 좋아해 줘서 다행이다. 우리 가족은 서로 연기를 하고 있는데, 그게 너무 역겨웠는데, 차라리 잘됐다. 알고 난 뒤부터 연기를 더 잘할 수 있게 됐어요.

나는 빨리 어른이 되고 싶어요. 그건 몸도 마음도 어른이 되고 싶단 뜻이에요. 사회적으로 어른이라고 정의되고 싶단 뜻이고. 그러다 보니 자연스럽게 내 몸을 관찰하게 됐어요. 그러다 어느 순간 내가 여자라는 게 어색하게 느껴졌어요. 그럼 난 남자가 되고 싶은 건가? 난 남자 어른이 되고 싶고, 레즈비언도 아닌 건가? 성 정체성이 갑자기 변할 수도 있는 거야? 성적 취향도? 너무 충격적이었어요.

그리고 언니 앞에서 중이병 짓 하면서 만들어 낸 가짜 연애들 말고요……. 아 진짜 생각할수록 환장하겠네. 잊어 줘 언니! 진짜! 아무튼 내가 정말로 경험했던 관계들을 떠올려 봤거든요. 그런데 사랑하는 사람이 하나만 있었던 것도 아니고, 모든 사람을 사랑했던 것도 아니잖아요. 이 사람이랑 있으면 좋아, 편해, 재밌어 했던 상대도 있고, 너무 아팠던 사람도 있었고, 사랑이라 부를 만한 사람도 있었고……. 그러니까 감정도 대상도 항상 바뀌는데, 내가 바뀌는 것도 이상한 일이 아니라고 생각하게 됐어요.

계속해서 변하는 게 인생이라면, 내가 변하지 않는 게 더 이상하지 않아요?

한동안은 딱히 뭐라 부르지 않아도 되지 않을까. 궁금한 게 많은 사람, 아직 답을 못 찾은 사람. 이름을 못 찾은 사람. 아니면 이름을 고르지 못한 사람. 그렇게 생각하니까 다시 막 설렜어요. 다시 맨 처음으로, 아주 어릴 때로 돌아간 것 같아서요. 처음은 설레는 거구나. 그래서 언니 편지를 읽으면서 언니의 수많은 처음이 참 귀엽고 예뻐 보였어요. 나는 그 처음들이 부러워요. 언니가 나의 능숙함을 부러워했듯이.

나도 처음인 것들을 좀 찾아보려고 해요. 그리고 아껴 쓸 거예요. 성인이 되기 전까진 레즈비언 클럽에도 안 갈 거고, 술 담배도 안 할 거예요. 내가 아직 술 담배를 안 해 봤다고 하면 아무도 안 믿지만 뭐 그건 생겨 먹은 것 때문에 어쩔 수 없고요. 이런 것까지 얘기하니까 중이병 같고 웃긴데. 그래도 계속 써야지. 크크크ㅋ

어쨌든 나는! 같이 기차를 타고 여행 갈 애인, 같이 학원 다닐 애인을 찾고 있어요. 연애다운 연애를 두고 첫 경험이라 부르고 싶고요.

언니, 내 이름은 수영이예요. 물을 좋아하고, 고래를 좋아하고, 해파리를 좋아해요. 그림 그리는 걸 좋아하고, 파란색을 많이 써요. 미대로 진학하고 싶은데 정확히 뭘 전공하고 싶은

지는 모르겠어요. 입시학원은 그런대로 다닐 만해요.

나는 여전히 서울에 살아요. 엄마도 아빠도 서울에 있지만 나는 따로 살고 있어요. 언니가 와서 하룻밤 자고 갔던 그 방에서요. 만약 언니가 또 놀러 온다면 이번엔 한 방을 다 내줄게요. 경제적으로 여유가 있는 부모님 덕분에 그런대로 살 만하고요. 하지만 그보다 더 좋은 건 서로에게 관심이 없다는 거예요. 적당히 연기하고 적당히 이용하며 살면 되니까 편한 도구예요. 천하의 몹쓸 년 소리를 들어도 별로 상관없는데요. 아무도 나한테 그런 말을 할 수 없다는 거 알아요. 언니도 마찬가지인 거 알죠? 아무도 언니에게 뭐라 할 수 없어요. 언니의 존재에 대해서요.

나는 빨리 완벽한 어른이 되고 싶어요. 성숙해지고 싶어요. 내 몸은 여자지만 나는 나를 여자로 느끼지 않는 것 같아요. 그렇다고 남자가 되고 싶은 건 아니에요. 그건 확실하게 알았어요. 나는 예쁘고 아름답고 귀여운 것들을 좋아해요. 예쁘고 아름답고 귀여운 사람을 좋아해요. 그런 여자를 좋아해요. 그러니까 나는 완벽한 어른이 돼서 예쁘고 아름답고 귀여운 여자와 연애를 하고 싶어요.

언니, 하울링 알아요? 우리는 하울링을 했단 말이에요.

늑대나 개들이 아우우우 하면서 울부짖는 게 하울링이에요. 갯과 동물이면 다 낼 수 있는 소리, 알아들을 수 있는 소리. 야생 늑대들은 하울링으로 친구를 찾고, 서로의 상황을 알려요. 하울링을 통해 서로에게 안정감을 주거나 결속력을 높이기도 한대요. 울부짖는 소리만으로 그 수많은 게 가능한 거예요. 늑대가 자신의 무리를 찾고 지키는 방법. 그리고 고통이나 외로움을 표현하는 방법. 그건 본능적인 거라 강아지도 할 수 있대요. 의미를 모른다고 해도, 자기가 무엇인지 몰라도 소리는 낼 수 있는 거죠.

우리는 자기를 마주한 순간부터 하울링을 했을 거예요. 아니면 내가 무엇인지 모르겠어서 나를 닮은 이들을 찾으려고 떠돌아다녔을 거고요. 내가 긴 울음소리를 내지 않아도 언니는 알아요. 내가 여기 있다는 거요. 그리고 언니와 같다는 걸요.

그래서 나는 이제라도 안심할 수 있어요.

언니,
언니 목소리가 듣고 싶어요.

2020년 겨울, 수영이가.

스틸 앤드 숏

이울

읽고 싶은 것을 쓴다.
장편소설『정답은 까마귀가 알고 있다』를 독립출판했고,
로맨스판타지『낙원은 없다』를 연재 중이다.
iiullwkrrk@gmail.com

새벽의 공기는 차다. 초여름이라 아직 달궈지지 않은 운동장에는 촉촉한 습기가 머물렀다. 주경과 다인의 땀방울이 튀었다. 그리고 덜컹, 슉 하는 깔끔한 소리와 함께 주경이 또 3점 슛을 성공했다.

농구 코트 가장자리에 앉아 쉬고 있던 2반 선수들이 박수를 쳤다. 155cm의 단신인 주경의 슛은 그보다 한 뼘이 큰 다인도 막을 수 없을 정도로 빠르고 정확했다. 방금도 어김없이 수비를 뚫은 것이다.

다음 주면 반 대항 농구 대회의 시작이었다. 연습을 위해 농구 코트 선점에 경쟁이 붙은 신계여중 2학년은 1반부터 7반까지 빠짐없이 새벽 6시부터 학교에 나와 연습했다. 날마다 마지막인 것처럼 연습하는 학생들을 보고 체육은 10년 만에 처음 보는 일이라 했고, 교장은 드디어 신계여중 농구 대회가 빛을 발한다고 했다고. 대진표가 나오자 선수가 아닌 아이들도 슬슬 대회를 기대하는 눈치였다. 아이들은 농구팀을 위해 간식을 싸 들고 오기 시작했다. 주경은 먹고 뛰면 속이 안 좋다고 간식을 양보하곤 했는데, 다인은 그래서 네가 키가 안 크는 거라고 농담했다. 그러자 주경이 다인의 손에서 농구공을 쳐 내어 빼앗고는 골대를 향해 던지며 말했다.

"네가 있는데 뭐."

그리고 농구공은 또 그물 안으로 깔끔하게 들어가는 것이다. 다인은 통통 떨어지는 농구공을 보며 머리를 긁적였다. 이상한 일이다.

다인은 언제부터 주경이 농구를 잘했는지 고민해 봤지만, 체육과 원수진 것 같던 그동안의 모습에서는 답을 찾을 수가 없었다. 점심시간마다 도서관에 가서 책을 빌려 보는 애인데. 작년부터 친하게 지냈고 올해는 같은 반이 되어서 내내 붙어 다녔는데도 농구에 관심을 보이는 모습은 본 적이 없었다. 학년 초에 체육이 농구팀을 뽑는다며 모두에게 드리블과 슛을 시켰을 때가 있었다. 다인은 주경의 깔끔한 열 번의 성공 슛을 보면서 오늘처럼 머리를 긁적였다. 너 언제 연습했어? 다인의 물음에 싱긋 웃기만 하던 게 이제는 매일 새벽에 운동장에서 다인을 놀리듯 게임을 하는 것이다. 다인은 1학년 때 이미 체육에 재능을 보였던 터라 농구팀에 들어가는 것이 모두에게 당연했지만 주경은 의외였다. 체육은 후보 선수까지 여덟 명을 모아 놓고 말했다.

"너희는 합이 중요하겠다. 혼자 잘한다고 공 쥐고 뛰지 마. 특히 너, 서다인은 허주경을 잘 활용해라. 나머지는 패스 더 연습하고."

다인은 멀리서 누가 남색 교복 치마 속에 체육복 반바지를 입은 채로 털레털레 걸어오는 것을 발견했다. 7반 남솔과 예지우. 분명 자신들이 농구 코트를 쓸 차례니 가라고 할 거다. 다인은 성질 더러운 둘과 엮이기 싫어서 가방을 한쪽 어깨에 메고 주경에게 가자고 했다. 나머지 선수들도 가방을 챙겨 메고 다인을 쫓아갔다.

"갑자기 가?"

"남솔이랑 예지우 와서."

"걔 저번에 6반한테 연습 방해하는 거 아니냐고 시비 턴 애 아냐?"

"맞아."

"쟤네 잘해?"

누군가 묻자 다인은 주경을 흘낏 보며 답했다.

"별로 못할걸?"

"진짜? 7반이랑 붙는 반은 좋겠네. 쉽게 이기겠다."

주경은 동그란 눈을 깜빡이며 말했다. 다인은 주경의 눈이 정말 커다랗고 또렷하다고 생각하며 맞장구쳤다.

"그러게. 7반은 떨어지겠네."

이틀 뒤에 2학년은 복도 벽에 붙은 대진표에서 경기 결과를 확인했다. 다인과 주경의 예상은 빗나갔다. 7반과 3반, 그리고 부전승으로 6반이 4강에 진출한 것이다. 오늘 오후에 2반과 4반의 경기가 있을 예정이었다.

"떨려?"

다인이 대진표를 보고 있는 주경을 콕 찌르며 물었다. 주경은 고개를 저었지만 딱 들킨 느낌이었다. 다인은 주경의 생각을 모두 알고 있는 것처럼 굴 때가 있었다. 실제로 대부분 적중하기도 했고. 주경은 대답을 하지 않았지만 다인이 짓궂게 웃으며 물었다.

"너 또 걱정하지?"

다인은 평소처럼 장난스럽게 주경의 머리를 와락 끌어안았다. 그런데 주경은 평소답지 않게 깜짝 놀라 다인의 품에서 떨어져 나왔다. 체육복 바지에 까만 티셔츠를 입고 그 위에 하복 셔츠를 걸친 차림은 원래는 벌점감이었지만, 이제 포기한 선생님들은 고개만 절레절레 흔들 뿐이었다. 다인은 배시시 웃으며 능청스럽게 급식실 줄에 섰다.

"준비."

체육이 호루라기를 입에 물었다. 서다인과 4반의 최장신 선수가 코트 중앙에 마주 섰다. 다인이 체육의 손에 들린 농구공을 노려봤다. 전략은 별거 없었다. 다인이 공을 팀에게 무사히 넘기면 선수들이 공을 패스하면서 골대 가까이 이동한다. 주경은 골대 근처에서 대기하다 공을 받아 슛을 던진다.

삑! 호루라기가 울리며 공이 허공에 던져졌다. 다인이 조금 더 빨랐다. 그가 힘껏 친 공은 2반의 차지가 되었다. 2반 선수들이 일사불란하게 공을 패스했다. 주경은 계획대로 공을 받을 준비를 했다. 그런데 수비가 거칠게 달려들자 당황한 선수가 공을 실수로 떨어뜨려 버렸다. 4반이 공을 가로챘다.

그러자 다인이 코트를 가로지르던 상대편의 공을 쳐서 빼앗았다. 다인은 상대편 코트로 거슬러 올라갔다. 거침없이 골대 아래까지 다다르자 4반 수비는 슛을 막기 위해 다인의 앞을 서성였다.

그때 다인이 멀찍이 떨어진 주경에게로 몸을 틀어 패스했다. 얼떨결에 공을 받은 주경은 씩 웃는 다인의 표정을 잠깐 사이에 확인할 수 있었다. 주경은 힘껏 공을 던졌다. 이윽고 철썩하는 소리와 함께 공이 링 안으로 깔끔하게 들어갔다. 관중석에서 함성과 야유가 동시에 들렸다.

"거봐, 할 수 있을 줄 알았어!"

다인이 이를 드러내고 밝게 웃으며 말했다. 그 순간 주경은 잠깐 숨 쉬는 법을 까먹은 사람처럼 자리에 가만히 섰다. 다인의 맑은 미소에 머릿속이 꺼졌다 켜진 것 같았다. 그러나 여유를 부릴 새도 없이 경기는 계속되고 있었다. 주경은 고개를 세차게 흔들고 코트를 가로질러 뛰었다. 날아오는 공을 받아 힘껏 슛을 던진다. 이번에도 득점이었다. 다인은 높이 뛰어오르며 환호성을 질렀다. 주경은 심장이 두근대는 것을 느꼈다. 이게 농구의 재미구나. 그냥 슛 연습을 할 때랑은 달랐다. 공을 만지며 선수들과 몸을 부딪치는 것. 그날 주경의 엄청난 활약에 경기는 2반의 압도적 승리로 끝났다.

담임이 쏜 아이스크림을 하나씩 입에 물고 모두가 하교한 후였다. 오후 4시의 교실은 텅 비어 있었고 불도 다 꺼져 있었다. 반만 내려온 블라인드는 창문의 나머지 반으로 오후의 개나리색 햇살을 들여보냈다. 주경은 꿈 속에 빠진 것 같은 느낌이 들었다.

학생은 자고로 책임감과 꾸준함을 가져야 한다며 팬지 화분을 하나씩 선물해 준 담임이었다. 학생들이 3월부터 키운 모종은 어느새 색색의 꽃으로 자라 창가를 수놓았다.

다인이 다 먹은 아이스크림 막대를 쓰레기통에 던져 넣었다. 막대가 쏙 들어갔다. 다인은 '예스'라고 작게 말하며 책상 위에 앉았다.

"넌 근데 농구 따로 연습했어?"

다인이 묻자 주경은 적당한 말을 찾아 머리를 굴렸다.

"조금."

결국 나온 답은 시원찮았지만. 주경은 분명 다인이 농구팀에 들어갈 텐데 관중석에서 응원만 하고 싶지 않았다. 같이 팀이 되어서 뛰고 싶다는 생각으로 혼자 연습한 것이었다. 주경은 대답을 해 놓고는 머쓱해서 다시 창가로 돌아섰다.

"야, 이거 봐."

주경이 팬지에서 시선을 돌리자 책상 위에 걸터앉은 다인이 기타를 치기 시작했다. 처음에는 G코드, 그다음은 C코드, F코드를 짚는 다인의 단단한 손끝. 손톱은 항상 정갈하게 깎여 있고 물어뜯은 흔적도 없었다. 굳은살로 잘 다져진 다인의 손가락이 박자에 맞춰 기타 줄을 퉁겼다.

"그 기타 네 거야?"

"아니. 누구 건지 모르는데."

다인은 장난스럽게 웃고 있었다. 주경은 이상한 기분이 들어서 괜히 퉁명스럽게 내뱉었다.

"그럼 갖다 놔."

"에이."

다인은 주경의 말에 기타를 원래 있던 자리에 두고 왔다.

"좀 쓰면 어때."

"남의 거잖아."

그러자 다인은 씩 웃더니 주경의 양 뺨을 손바닥으로 꾹 눌렀다. 주경은 다인의 눈과 마주할 수밖에 없었다. 시원한 눈매에 쌍꺼풀이 짙었다. 다인이 말했다.

"넌 진짜 뻣뻣해. 틈이 없어."

그러고는 다인은 창가로 가더니 자기 화분을 찾았다. 보라색 팬지가 피어 있었다. 다인은 꽃잎을 만지작거리다가 하나씩 뜯었다.

"왜 뜯어!"

주경이 다인을 말리려고 다가서자 다인이 홱 돌아 주경을 마주 보고 섰다. 그러고는 손에 쥔 꽃잎을 입으로 후 불었다. 주경의 눈앞에서 팬지 꽃 이파리가 팔랑팔랑 떨어졌다.

"히히."

다인은 멍청한 소리를 내며 이를 드러내고 웃었다. 주경은 목구멍이 간질거리기 시작해서 고개를 홱 돌려 버렸다.

갑작스럽게 후끈해진 여름 날씨가 벌써 교실을 장악했지만, 창가 자리는 시원한 바람이 느껴졌다. 주경은 창가에 앉게 되어 다행이라 생각했다. 다인의 웃음소리를 듣고 이상하리만치 몸이 더워졌다는 느낌을 받은 찰나였다. 바람이 들라고 창문을 열어 놓았더니 반쯤 내려온 블라인드가 바람에 흔들렸다. 바람이 드는 박자의 한 발 뒤에 블라인드는 창틀과 부딪혀 맑고 경쾌한 알루미늄 소리를 냈다. 어제 저녁 다인의 문자를 받았을 때 귀에서 들리던 소리랑 비슷했다.

〈야 왜 이거 5번이 답이야? ⑤ 동백꽃은 낭만적인 분위기를 연출한다.〉

〈점순이가 나를 밀치고 쓰러지잖아. 그때 주변에 동백꽃이 피어 있고, 꽃향기가 나니까〉…… 주경은 문자를 치다 말고 이마를 짚었다. 무엇이 되었든 다인은 항상 주경을 당황스럽게 만들었다. 그러니까…… 꽃잎이 흐드러지고…… 주경은 다인이 후 불었던 팬지가 생각났다. 점순이는 이미 나를 좋아하고 있으니까.

창가 뒷자리는 몸도 마음도 은신하기 좋았다. 밀려드는 생각들에 온몸을 배배 꼬는 자신을 볼 사람이 아무도 없어서였다. 그러나 한 달 뒤 자리를 바꾸는 날이 오면, 만에 하나 앞자리라도 걸린다면, 그래서 누군가 주경의 이상한 낌새를 눈치챈다면……. 주경은 마치 하면 안 될 상상이라도 한 듯 눈을 질끈 감았다. 확 밀고 들어온 시원한 바람이 주경의 발목을 간질였

이울

다. 어차피 매일 아침 농구 코트에서 신나게 뒹구는데. 그래도 숨고 싶은 것은 매한가지이다.

언제부터인지 모르게, 다인을 생각할 때면 간질간질했다. 주경은 오랜 고민 끝에 스스로 인정하기로 했다. 그런데 그 간질거림 뒤에 무언가 항상 있었다. 여드름이 잔뜩 곪아 터지기 지전 염증 주변이 막 가려운 것처럼. 그렇다고 그걸 건드려 버리면 결국 흉이 지고 말 것이다. 스스로 가라앉도록 시간을 주어야만 했다. 이제는 좀 익숙해져야 할 텐데, 주경은 언제쯤 그럴 수 있을까 고민하며 다인이 앉은 자리를 물끄러미 바라보았다. 책상에 엎드린 채로 세상모르게 잠들어 있는 다인은 또 국어 문제를 물어보겠지. 넌 국어 잘하잖아. 하나만 알려 주라. 그 하나가 두 개가 되고 두 개가 결국 학원 숙제 전체가 되는 것은 안 봐도 뻔한 일이었다. 다른 애한테라면 니 숙제 니가 하라고 했을 테지만 다인에게는 그럴 수가 없었다. 주경은 다인에게 문제 하나하나를 설명해 주었다. 다인은 수업 시간에 조는 모습과는 다르게 한 마디 한 마디 끝까지 듣고 갔다.

6반의 응원 열기는 대단했다. 커다란 플래카드를 들고 선수 이름을 하나씩 미친 듯이 외치는 소리에 2반의 응원은 거의 묻혔다. 만만찮은 실력에 점수는 비등비등했다. 15 대 17. 2반은 뒤지고 있었다.

주경이 다인에게서 공을 받았다. 3점 슛을 성공하면 역전이다. 주경이 점프해서 공을 던졌다. 그러나 키가 더 큰 상대편 선수가 주경과 동시에 점프하더니 공을 가로챘다. 결국 전반전은 15 대 18로 마무리되었고 2반은 지친 얼굴로 모여서 물만 들이켰다.

"내가 키가 너무 작은 것 같아."

주경은 울상이 되어 말했다. 농구를 하기에는 키가 너무 작다. 사실이었다. 슛을 아무리 잘해도 키 큰 선수들이 중간에 가로채면 끝이다. 팀원들은 괜찮다고, 그런 거 상관없다고 했지만 3점을 득점해도 겨우 동점인 점수를 보니 조금 막막했다. 첫 경기와는 너무 다르게 흘러가서 그렇게 느껴지기도 했다.

"후반전 30초 전! 제자리로!"

체육이 호루라기를 목에 걸고 농구공을 높이 들며 코트 중간에 섰다. 다인이 다시 점프볼을 맡았다. 주경이 다인에게 응원의 의미로 주먹을 들어 보였다. 다인이 주경의 귀에 대고 속삭였다.

"6반은 다 키가 크니까 넌 몸을 숙여서 공 빼앗아. 그러면 할 수 있어."

삐익! 호루라기 소리가 퍼지고 잠시 뒤 공이 솟구쳤다.

6반 선수가 공을 잡았다. 2반은 공을 빼앗는 데에 실패했다. 6반의 꽁지머리가 공을 넘겨받더니 무서운 속도로 드리블하며 코트를 가로질렀다. 주경은 다인의 말이 아직도 귀에 맴돌고 있었다.

'몸을 숙여서 공 빼앗아.'

될까. 주경은 꽁지머리를 향해 달렸다. 골대가 가까웠다.

이울

주경은 허리를 숙이고 꽁지머리 아래로 팔을 쭉 뻗어 농구공을 있는 힘껏 쳐 냈다.

"예스!"

다인이 통통 굴러가는 공을 어느새 낚아채서 드리블하며 코트 반대편으로 달렸다. 몇 번의 패스 끝에 2반이 시원하게 득점했다. 관중석에서 휘파람과 함성이 터져 나왔다.

17 대 18. 아직 2반은 1점 차로 뒤지고 있었다. 2반이 슛을 시도했지만 공은 링을 맞고 튕겨 나왔다. 꽁지머리가 그 순간을 놓치지 않고 공을 받았다. 그리고 뒤를 돌아 패스했다.

그때 주경과 꽁지머리의 눈이 마주쳤다.

주경은 허공을 느리게 가로지르는 공을 펄쩍 뛰어 가로챘다.

그다음부터는 경기가 정신없이 흘렀다. 경기 종료가 임박하자 플레이가 과격해졌다. 선수들이 코트에 나동그라지면서 여기저기 쓸린 상처가 생겼지만 경기는 계속됐다. 25 대 24. 결국 1점 차이로 경기가 끝났다.

"2반 승!"

체육의 선언과 함께 운동장이 떠나갈 듯한 함성이 2반에서 터져 나왔다. 다친 선수들이 절뚝거리며 의무팀에게 처치를 받는 동안 다인과 주경, 그리고 다른 선수들은 찬양에 가까운 환호를 받았다. 주경은 승리를 자축하는 무리에서 겨우 빠져나와 꽁지머리를 불러 세웠다.

"잠깐! 잠깐만."

주경의 부름에 꽁지머리가 뒤돌아보았다. 왠지 부를 줄 알

왔다는 눈치였다. 주경은 묶었던 머리를 푼 그 애를 어디서 본 것 같다는 생각을 했다. 그때 그 애가 씩 웃으며 물었다.

"너 허주경이지?"

주경은 모르는 애의 입에서 자신의 이름이 나오자 깜짝 놀라 무슨 말을 하려 했는지 잊어버렸다.

"나 어떻게 알아?"

"너 도서관에서 책 자주 빌리잖아."

그 애가 도서관 쪽을 엄지로 가리키며 말했다. 그제야 주경은 그 애가 책을 대출해 주던 도서부라는 것을 기억해 냈다.

"도서부야?"

"응. 너 농구 잘하더라."

주경은 머쓱해져서 이마에 흐르는 땀을 슥 닦았다. 다인 덕분이지, 주경은 어색하게 웃으며 생각했다.

"나는 김민서야. 내일 점심시간에도 도서관 올 거야?"

"아마도?"

"그럼 내일 또 보자."

민서는 해사하게 웃으며 손을 흔들고는 같은 반 친구들과 함께 금요일에 있을 무슨 모임에 대해 이야기하며 무리 속으로 사라졌다. 도서부라면 주경이 빌린 책 목록을 알고 있을 텐데. 주경은 갑자기 얼굴이 화끈거렸다.

주경이 자리에서 허공을 보고 서 있자 다인이 다가와 물었다.

"아까 걔 뭐야?"

"도서부 친구. 왜?"

이울

"뜬금없이 아는 척하길래."

다인은 운동화 발끝으로 화단을 툭툭 치며 시선을 피했다. 뭐가 마음에 안 들었나? 주경은 다인의 옆구리를 슬쩍 찌르며 말했다.

"아이스크림 먹으러 매점 갈래? 내가 쏠게."

"긴찌?"

그러자 다인은 언제 저기압이었느냐는 듯이 반짝 웃으며 주경에게 팔짱을 꼈다. 단순해서 좋겠다, 주경은 생각했다. 그에 비해 주경의 머릿속에는 너무 많은 것들이 복잡하게 얽혀 있었다.

주경은 다인이 급식을 두 번째로 받는 사이 도서관에 와서 다음에 읽을 책을 고르고 있었다. 데스크에는 오렌지 표지의 책이 눕혀져 있었다.

"『오렌지만이 과일은 아니다』? 하긴, 그렇지. 사과도 있고 바나나도 있으니까."

주경은 책을 집어 올리며 중얼거렸다. 그러자 민서가 데스크에서 목을 쭉 빼고 주경을 보더니 말했다.

"그거 너 주려고 꺼내 놓은 거야."

주경은 민서의 갑작스러운 등장에 깜짝 놀라 책을 내려놨다.

"나?"

"응. 좋아할 것 같아서."

그게 무슨 뜻이지? 주경은 책장을 엄지로 촤르르 훑었다.

"『거미여인의 키스』도 읽어 봤어?"

민서는 데스크에 몸을 기댄 채 물었다. 주경은 고개를 끄덕였다. 몰리나와 발렌틴의 이야기가 떠오르자 저번처럼 금서를 읽다가 들킨 사람인 양 얼굴이 화끈 달아올랐다. 갑자기 왜 물어보는 거지?

"나도 그런 책 쓰고 싶다."

"꿈이 작가야?"

"응. 남들이 잘하지 않는 이야기를 쓰고 싶어."

"어떤 이야기?"

민서는 곰곰이 생각하더니 답했다.

"그냥 남녀 주인공이 사랑에 빠지는 그런 거 말고, 좀 다른 거 있잖아. 분명히 있는데 잘 이야기되지 않는 사람들에 대해서. 그게 뭐가 됐든."

분명히 존재하는데 잘 이야기되지 않는 사람들……. 주경은 『오렌지만이 과일은 아니다』를 민서에게 건넸다. 민서가 바코드를 찍고 다시 건네줬다.

"대출됐어."

주경은 책을 받았다. 표지의 잘린 오렌지 단면이 싱싱한 것과는 달리 표지는 낡아서 묘했다. 새것도 아니고 오래된 것도 아닌 느낌. 아니면 동시에 새것이면서 오래된 것 같기도 하고. 주경은 민서에게 무언가를 묻고 싶었지만, 용기가 나지 않았다.

"너네 반 이제 결승이지? 응원할게."

민서는 싱긋 웃었다. 주경도 같이 웃어 보였다. 하지만 표정과는 달리 고민거리는 더 늘어나 있었다.

이울

민서는 이미 스스로 답을 내린 걸까? 주경은 책을 꼭 쥐고 도서관을 나섰다.

농구 대회 결승전은 신계여중 모두의 입에 오르내렸다. 각자 어느 반이 이길지 분석하고 예측했다. 2반은 팀워크가 좋으니까 그런데 7반우 에이스 예지우가 있잖아. 아이들은 각자 나름의 구체적인 근거를 대면서 논쟁했지만 한 가지에는 모두가 동의했다. 손에 땀을 쥐게 할 정도로 비등비등한 경기가 될 것이라는 사실. 전교가 결승전을 한껏 기대하고 있었다.

그러나 결과는 주경의 마지막 슛이 아니었어도 이미 결정되어 있었다. 경기는 너무나 재미없게 진행되었다. 주경은 빠르게 몸을 숙여 예지우가 드리블하던 공을 빼앗은 뒤 3점 점프 슛을 깔끔하게 넣었다. 그리고 이어서 들려오는 호루라기 소리. 2반은 7반에 무려 9점 차이로 승리했다.

관중은 짐짓 실망한 듯 박수만 치고, 선수들끼리만 수고했다며 서로의 등을 두드렸다. 주경은 운동장을 채운 무리에서 다인을 찾다가 예지우가 넘어져 있는 것을 발견했다. 무릎에 상처가 난 채로, 기분이 나쁜지 얼굴을 잔뜩 구기고 있었다. 7반 선수 몇몇이 파울 아니냐고 항의했지만, 체육은 단호하게 아니라고 했다.

"너 한참 뒤에 넘어진 거 다 봤어."

예지우는 친구 몇몇의 도움으로 흙바닥에서 일어나 먼지를 털며 7반 무리 속으로 사라졌다. 주경은 신경 쓰지 않기로 하고 친구들의 환호성을 따라 하이 파이브를 했다. 우글우글 몰려든 인파에 묻혀 키 작은 주경은 다인을 찾을 수가 없었다. 나중에 찾지 뭐, 주경은 친구가 건네준 물을 마시려고 뚜껑을 따고 있었다. 그때였다.

"야, 너 이리 와 봐."

주경은 어깨를 툭툭 치는 손길에 뒤돌아보았다. 예지우와 남솔을 포함해 대여섯이 몰려와 팔짱을 낀 채 주경을 째려보고 있었다. 주경은 뒷목이 서늘해졌다.

"너 아까 내 발 걸었으면서 왜 아닌 척해?"

"나 너 발 안 걸었어."

"나 넘어졌잖아. 이거 안 보여?"

예지우가 자기 무릎을 가리켰다. 밴드가 두 개 붙어 있었다. 모래가 조금 묻어 있을 뿐 큰 상처는 아니었다. 주경은 예지우가 경기에 져서 화가 났다는 것을 감지했다.

"체육 쌤이 그거 파울 아니랬어."

"체육이 그러면 다 맞냐? 니가 발 걸었잖아."

예지우가 으르렁댔다. 주경은 겁먹지 않은 척하려고 했지만, 생각보다 몸이 마음대로 움직이지 않았다. 목이 뻣뻣해졌다.

"양심에 손을 얹고 생각을 좀 해 봐. 니가 발을 걸었으면 지금이라도 인정을 하면 되는 거 아냐. 누가 1등 뺏어 간대? 그냥 사과 좀 받겠다고 하는 거잖아. 그것도 못 하냐?"

예지우 옆에 서 있던 남솔이 거들었다. 이제는 곁에 있던 같은 반 아이들은 뒤로 물러서고 예지우 무리가 주경을 빙 둘

이울

러싼 모양이 되었다. 주경은 솔직히 말하자면 뼛속까지 달달 떨리는 것 같았다.

"맞아. 사과만 받겠다는 건데 너 웃긴다. 지금 체육 쌤 등에 업고 나대는 거 아냐."

주경이 입을 꾹 다물고 있자 예지우가 한 발짝 다가서며 말했다.

"대답 좀 해 봐. 입 없어?"

그러고는 주경의 어깨를 꾹 밀었다. 주경은 조금 뒷걸음쳤다. 그때 뒤에서 웅성거리는 소리가 들리더니 어디선가 다인이 튀어나와서 예지우의 가슴팍을 힘껏 밀었다. 예지우가 뒤로 벌러덩 자빠졌다.

"너 뭐 하냐?"

다인은 넘어진 예지우 위로 그림자를 드리우며 살벌하게 물었다. 주경은 그런 다인의 모습에 놀라 말릴 생각도 하시 못했다. 남솔이 예지우를 일으키려 했지만 예지우는 남솔의 손을 뿌리치고는 자존심이 상한 듯 눈썹을 찌푸리며 입을 삐죽거렸다. 다인이 다시 한번 물었다.

"너 뭐 하냐고."

예지우는 땅을 짚고 벌떡 일어나 다인에게 맞서듯 이를 악물었다. 그러나 다인은 멈추지 않았다.

"니가 일진이야?"

다인의 비아냥거림에 예지우는 얼굴이 새빨개졌다. 화가 머리끝까지 난 모양이었다. 예지우가 날린 주먹에 픽 소리와 함께 다인의 얼굴이 돌아갔다. 다인은 맞은 곳을 손등으로 훔치더니 질 수 없다는 듯이 예지우의 어깨를 세게 밀었다. 예지우는 곧 폭발할 것 같은 얼굴로 째려보더니 빽 소리를 지르면서 다인의 멱살을 잡았다. 곧 둘은 운동장에서 먼지 구름을 일으키며 몸싸움을 벌이기 시작했다.

"야, 누가 쌤 좀 불러와……."

서다인과 예지우를 빙 둘러싼 구경꾼들이 생겼다. 그들은 둘이 몸싸움을 벌이자 웅성거렸다. 주경은 뭘 어떻게 해야 할지 몰랐다. 말리려고 다가갔다가 누군가의 팔꿈치에 광대뼈를 맞고 나가떨어졌다.

"야! 야! 그만해! 지금 뭐 하는 거야!"

주경이 운동장 바닥을 짚고 일어섰다. 체육 선생님이 급하게 뛰어와서 치고받는 예지우와 서다인을 떼어 놨다. 서다인은 코피를 흘리고, 예지우는 입술이 터져 피가 맺혀 있었다. 체육 선생님도 둘을 진정시키지 못하자, 결국 담임들을 불러와야 했다. 2반과 7반 담임은 그만두지 않으면 벌점이라며 으름장을 놓았다. 비로소 둘은 씩씩거리면서 몸싸움을 멈추고 서로를 째려봤다.

"뭐 때문에 싸운 거니? 응? 누가 시작했어?"

7반 담임이 묻자 예지우가 주경을 가리키며 말했다.

"쟤가 아까 발 걸었는데 체육이—"

"체육 선생님이."

"……체육 선생님이 파울 아니라고 해서 사과하라고 했단

126
이올

말이에요. 근데 서다인이 저 밀었어요."

"아, 쌤, 예지우가 먼저—"

"너 이름 뭐야?"

다인이 설명하려 했지만 7반 담임은 주경에게 이름을 물었다. 주경은 침을 꼴깍 삼키고 대답했다.

"……허……주경이요……."

담임이 한숨을 쉬었다. 7반 담임은 한 명씩 가리키며 단호하게 말했다.

"너, 너, 너희들, 너까지. 따라와."

체육복을 입은 학생들은 교무실로 향하는 그들을 피해 우르르 길을 텄다.

"어떻게 된 건지 말해 봐."

교무실에 네 명이 줄줄이 서서 고개를 숙이고 잔소리를 기다리고 있었다. 서다인은 휴지를 말아 콧구멍을 막은 상태였고 예지우는 찢어진 입술을 혀로 핥고 있었다. 남솔과 예지우가 한꺼번에 입을 열었다.

"쟤가 먼저 공 뺏을 때 지우 발 걸었단 말예요. 근데 파울 아니라고 해서—"

"체육 선생님 말씀으론, 파울 아니라며."

7반 담임은 귀찮고 한심하다는 특유의 말투로 의자에 비스듬히 기대어 넷을 올려다보며 말했다. 예지우는 아직도 화가 났는지 삐딱하게 서서 따졌다.

"아니, 사과받으려고 간 거였는데 서다인이 갑자기 밀어서 넘어졌다고요."

"사과는 네가 받는데 왜 네다섯을 끌고 와?"

남솔이 예지우를 돕겠다고 나섰다.

"저희가 봤으니까 같이 갔죠."

"근데 체육 쌤이 아니랬잖아."

예지우가 일부러 소리 내어 한숨을 쉬었다. 7반 담임은 앉은 채로 다리를 꼬며 지적했다.

"너, 태도가 그게 뭐야. 그리고 똑바로 안 서?"

예지우는 삐딱한 자세를 마지못해 고쳤다. 선생님은 팔짱을 끼며 주경에게로 몸을 돌리고 물었다.

"쟤가 말하길, 네가 다리 걸었대. 맞아, 틀려?"

주경은 갑자기 아무 대답도 하고 싶지 않았다. 아니, 사람이 치고받고 싸웠는데 별거 아니라는 듯이 취급하는 것하며, 이런 식으로 다리 걸었냐고 물어보는 건 또 뭐람. 그리고 이젠 주경 본인도 다리를 걸었는지 아닌지 헷갈리기 시작했다. 왠지 운동화에 뭔가가 걸렸던 것 같기도 하고 아닌 것 같기도 해서 대답을 할 수가 없었다.

주경이 묵묵부답으로 일관하자 선생님은 한숨을 푹 쉬고 의자에 쭉 기대며 한심하다는 듯이 뱉었다.

"야, 여자애들이 이렇게 치고받고 싸우는 거 처음 봤다. 머스매도 아니고, 참 나."

넷은 선생님의 말에 놀라서 저도 모르게 고개를 들고 서로

128
이울

를 쳐다봤다. 어이가 없었다.

"아, 싸우는 데 여자 남자가 어디 있어요."

예지우가 짜증 내며 말했다. 서다인은 예지우의 말에 공감하는 게 자존심 상한다는 듯이 입을 꾹 다물었지만 어쨌든 이번만큼은 맞는 말이었다.

"어쨌든 너네 다 똑같아 맞은 애나 때린 애나, 원래 박수도 손이 두 개여야 소리 난다고 했어. 넷 다 반성문 제출하고 집에 가."

주경은 무책임한 판결에 귀를 의심했지만 일을 키우고 싶지 않은 7반 담임의 표정으로 보아 더 말해 봤자 관철되지 않을 것임을 알 수 있었다.

"네."

남솔부터 넷은 교무실을 차례로 나갔다.

"아, 담임 존나 싫어. 개빡았어."

"그니까, 존나."

예지우와 남솔이 꿍얼거리며 빈 종이를 내려다봤다. 주경과 다인은 한 자리씩 떨어져 앉아 빈 노트를 펼쳤다. 다인이 건성으로 종이 맨 위에 '반성문'이라고 쓰고 있을 때, 주경이 다인에게 조용히 말했다.

"나중에 나랑 얘기 좀 하자."

"어디 가서? 저번에 가자고 한 카페?"

다인은 웃음을 슬쩍 흘리며 물었다. 주경은 표정을 바꾸지 않고 단호하게 말했다.

스틸 앤드 슛

"아니. 그냥 교문 앞에서 얘기해."

주경은 다인이 상황을 심각하게 받아들이고 있지 않다는 것이 당황스러웠다. 싸우느라 코피까지 났으면서 웃음이 나오나?

"난 다 썼다."

잠시 후 남솔이 종이를 팔락거리며 가방을 챙겼다.

"나 보여 줘."

예지우가 손을 내밀었지만 남솔은 종이를 반으로 접으며 거절했다.

"넌 쓸 말 많잖아. 쟤가 진짜 불쌍하지. 지어낼 말도 없겠다."

남솔이 주경을 가리키며 말했다. 머리를 싸매며 뭐라도 쓰려고 하는 주경의 노력이 가상할 지경이었다. 그러자 다인이 남솔을 노려보며 물었다.

"뭐야, 아까는 주경이한테 시비 털더니 인제 와서는 니네가 잘못했다고 인정하는 거냐?"

주경이 다인에게 손으로 그만하라는 신호를 보냈다. 이러다 또 싸우는 거 아닌가 싶었다. 그러나 다인은 주경의 메시지를 이해 못 했는지 어깨를 으쓱했다. 남솔이 투덜거렸다.

"지 여친이라고 싸고도는구만. 드라마를 찍어라, 아주. 야, 나 먼저 감."

남솔은 예지우에게 간다고 말하고 교실을 나갔다. 그런데 다인이 자리에서 벌떡 일어섰다. 얼굴이 새빨개진 상태였다.

그걸 본 예지우가 요상한 표정을 지으며 물었다.

"너네 사귀는 거 아니었어?"

"어……?"

주경은 머리를 한 대 맞은 것 같았다.

"뭐야. 멋진 척은 다 해 놓고. 개웃겨."

예지우도 큰 글씨로 대충 휘갈긴 반성문을 들고 가방을 챙겼다.

"너넨 언제 다 쓸래?"

예지우가 이죽이며 교실 문을 닫고 가자 주경은 다인을 슬쩍 올려다봤다. 다인은 교실 앞문을 멍하니 보고서 책상 앞에 가만히 서 있었다. 손에서 볼펜이 떨어져 굴러갔다.

어찌어찌 써낸 반성문은 형편없었지만 주경과 다인은 어쨌든 하교할 수 있었다. 올해 들어 처음으로 두 발짝 이상 떨어져서 걷고 있는 둘이었다. 말을 꺼내려야 꺼낼 수가 없었다. 일단 뭐라고 대화를 시작해야 할지 몰랐고, 말을 하려고만 하면 얼굴이 불타는 것 같고 목소리가 떨려서였다. 상황은 더 어색해질 게 분명했다.

잠시 후 횡단보도 신호에 걸려 둘은 나란히 섰다. 다인은 끊임없이 SNS 피드를 새로고침 하고 있었다. 주경은 다인이 일부러 대화를 회피하고 있다는 것을 알고 있었지만 먼저 말을 꺼내고 싶지도 않았다. 주경이 한숨을 푹 쉬던 찰나, 뒤에서 누가 주경을 불렀다.

스틸 앤드 숏

"허주경! 집에 가?"

"어? 어."

민서였다. 다인은 민서와 주경을 번갈아 쳐다봤다. 눈을 흘긴 채였다. 주경은 난처해졌다. 이게 무슨 상황이람. 그냥 다 버리고 집까지 도망가고 싶었다.

"오늘 싸웠다며? 교무실에 가는 거 봤어."

"응. 예지우랑 좀 싸워서……."

"싸우긴 뭘 싸워. 걔가 너 괴롭힌 거잖아."

다인이 툭 말을 던지자 민서가 다인을 흘낏 보더니 눈썹을 올렸다. 날이 선 다인의 태도에 놀란 것 같았다.

"오늘 애들 말로는 거의 치고받고 싸웠다던데."

"걔가 먼저 주경이 밀었으니까 그렇지."

다인은 민서와 주경 사이로 끼어들며 말했다. 다인이 틀린 것은 아니었지만 주경은 부끄러움에 얼굴이 이대로 타 버리는 건 아닌가 싶었다.

"그나저나, 너 만나면 주려고 했어."

민서는 가방 앞주머니를 뒤적이더니 핀배지를 하나 꺼냈다. 무지개색 그라데이션 바탕에 대문자로 Q라고 쓰인 배지였다.

"우리 동아리 들어올래? 이름은 '큐크다스'야."

"쿠크다스?"

다인이 묻자 민서가 고개를 저었다.

"'큐'크다스. 그래서 'Q'가 있잖아. 여기."

"그런 동아리 없잖아."

"비밀 동아리야."

다인은 머리를 긁적였다. 그런 것도 있어? 주경은 생각하며 배지를 받았다. 무지개가 선명하게 반짝였다.

"나도 들어가도 돼?"

다인이 민서에게 묻자 주경은 동그래진 눈으로 다인을 쳐다봤다. 뭐 하는 동아리인지도 모르는데? 그런데 다인은 뜻밖의 말을 했다.

"주경이가 들어가면 나도 들어갈래."

놀랍게도 민서는 웃으며 '물론'이라고 했다.

"매주 금요일에 학교 끝나고 3반 교실에서 만날 거야. 이번 주에 오면 돼."

민서는 간단히 알려 주고는 덧붙였다.

"오면 뭐 하는 덴지 설명해 줄게."

"알았어. 금요일 날 종례 끝나고 가면 되지?"

민서는 고개를 끄덕였다. 주경은 알겠다고 대답하고는 배지를 주머니에 넣었다.

"그럼 난 저쪽으로 간다. 낼 봐."

주경이 손을 흔들자 민서는 옆으로 꺾어 골목으로 들어갔다. 신기한 친구였다. 동시에 주경은 민서가 골라 준 그 책을 떠올렸다. 『오렌지만이 과일은 아니다』. 전에 민서가 했던 말, '존재하지만 이야기되지 않는'다는 것의 의미를 희미하게 알아챌 수 있었다. 오렌지만이 과일이 아니고, 사과도 있고 바나나도 있지.

주경은 다인에게 무심코 물었다.

"왜 동아리 들어가겠다고 했어?"

"너랑 있고 싶으니까."

"……."

주경은 분명히 얼굴이 빨개졌을 것이라 생각했다. 지금 당장 거울을 보면 머리 대신 토마토가 있을 것이다. 다인은 그걸 아는지 모르는지 앞만 바라봤다.

"나는 조금 생각해 보면 안 될까?"

주경은 용기를 짜내어 물었다. 다인은 주경을 바라보더니 아무렇지 않게 대답했다.

"그래."

"뭘 생각한다는지 알긴 알아?"

"음."

다인은 잠시 고민하고는 씩 웃었다. 이가 다 드러나는, 맑은 하늘 같은 웃음. 저 얼굴 때문에 머릿속이 이렇게 꼬여 버렸다. 그런데 주머니에 있는 배지가 왠지 그래도 괜찮다고 말해 주는 것 같았다.

다인은 주경의 어깨에 팔을 두르고 말했다.

"네가 뭘 생각하든 난 기다릴 거야."

주경은 웃음을 터트렸다. 정말이냐고 굳이 묻지 않아도 알 수 있었다. 다인이 기다려 줄 것이라는 사실을. 꽃샘추위에 벌벌 떨면서 같이 걷던 하굣길은 어느새 여름에 접어들었고, 공원의 잔디와 나무 이파리는 그 어느 때보다도 더 푸르렀다. 꽃이 피고 지고, 낙엽이 떨어질 때도 다인은 주경의 곁에 지금처럼 서 있을 것이다. 주경은 확신했다.

"내일 아침에도 정류장 앞에서 기다려."

다인은 갈라지는 길목 앞에서 말했다. 주경은 웃으며 고개를 끄덕였다. 다인은 몇 발자국 가다 말고 뒤돌아 손을 흔들었다. 주경도 손을 흔들었다. 다인은 멀어지면서도 자꾸자꾸 뒤를 돌아보며 팔을 흔들다가, 곧 빌라 안으로 들어갔다.

주경은 주머니의 배지를 꼭 쥐고 다인이 사라진 골목을 오래도록 바라봤다.

나쁜 짓

정유한

정유한

서울예술대학교 성소수자 인권 동아리

'녹큐'(Knock on the Q) 웹진『열다』에 몇 편의 글을 실었다.

퀴어 아포칼립스 앤솔러지 소설집『무너진 세계의 우리는』과

학창 시절을 주제로 한 에세이 앤솔러지『졸업해도 되나요』에 참여했다.

헝가리에 온 지 일주일째다. 마지막 밤. 잠이 오지 않는다. 불 꺼진 방, 작은 숨소리. 라슬로는 내 옆에서 자고 있다. 그 애는 항상 먼저 잠든다. 침대에서 얘기를 나누거나 장난치는 일 없이. 부다페스트의 여름밤은 선선하고 조용하다. 모든 여행이 그렇듯 시간은 빠르게 흐르고 기억은 뒤죽박죽이다.

시작은 부다페스트 공항에서였다.

짧은 머리에 옅은 갈색이 도는 눈동자. 라슬로의 놀란 얼굴. 쏟아지는 헝가리어. 뭐라고? 나는 알아듣지 못했다. 왼쪽 귀에 은색 귀걸이. 목에 건 검은색 헤드셋. 내게 내민 손과 멋쩍은 웃음. 나는 가만히 서 있었다.

"건휘는 기억 못 하겠구나. 거의 10년 만이지 아마?"

엄마가 말했다. 내가 아주 어렸을 때, 한국에 온 라슬로네와 만난 적이 있다고 했다. 나는 기억나지 않았는데 라슬로는 한국을 좋아하며 한국에서 있었던 일 모두를 기억한다고 했다. 모두? 나는 불가능한 일이 아닌가 생각했다. 그 애는 나보다 겨우 세 살 많다.

"편하게 이모라 불러."

나쁜 짓

현선 이모가 웃으며 말했다. 이모는 엄마의 오랜 친구로 유학 시절 만난 푸스카스와 결혼해 헝가리에서 살고 있다. 전화할 때마다 꼭 놀러 오라는 말을 했는데 엄마는 그 초대를 매번 미뤘다. 건휘가 좀 크면. 응, 나도 보고 싶어. 단순한 인사치레라고 하기엔 두 사람 모두에게 일종의 기대감과 미안함, 고마움 같은 것이 느껴졌다.

어렸을 때, 그러니까 뭐든지 잘 몰랐을 때, 엄마한테 헝가리에 가고 싶다고 조른 적이 있었다. 그날도 어김없이 현선 이모와 통화한 직후였다. 그때는 어디든 놀러 가고 싶었다. 친구들처럼 온 가족이 함께. 그러나 헝가리는 멀고 여행엔 돈이 많이 들었으며 우리 집은 돈이 없고 엄마는 일하기 바빴다. 미안해, 아들. 엄마는 매번 그 말을 입에 달고 살았다. 그때마다 나는 나쁜 애가 된 것 같았다. 그래서 엄마가 미웠고 동시에 미안했다.

이번 여행이 결정됐을 때 나는 조금 놀랐다. 그래도 돼? 라는 말이 먼저 튀어나왔다. 엄마와 아빠가 이혼한 지 7년 만이었고 엄마와 단둘이 하는 여행은 처음이었다.

"영어는 좀 하니?"

주차장으로 가면서 이모가 물었고 나는 자존심에 네, 하고 답했다.

"둘 다 한국말을 잘 못하거든."

짐은 간단했다. 트렁크 두 개. 푸스카스는 에어컨을 틀지 않고 자동차 창문을 모두 열어 두었다. 그래도 괜찮은 날씨였다. 공항에서 라슬로네 집까지 오는 길은 잘 기억나지 않는다. 다만 도로의 소음이 컸다는 것과 간혹 차가 덜컹거릴 때 라슬로와 허벅지가 맞닿은 것, 그 애가 집에 도착할 때까지 말없이 창밖만 바라본 것은 기억난다. 나는 그게 신경 쓰였다.

첫 해외여행이었다. 모든 것이 새롭고 낯설었다. 스물한 시간의 비행이 잠깐 사이의 일 같았다. 라슬로네 가족은 우지립 포트바로스에 산다. 해가 저물 때쯤 도착했고 동네는 조용했다. 집은 보기보다 넓지 않았는데 천장이 높은 덕에 대리석으로 된 큰 테이블 하나가 거실과 부엌에 걸쳐 들어차 있는데도 답답하다는 느낌이 들지 않았다. 큰 방 두 개에 작은 방 세 개, 화장실이 하나 있었고 가족이 각방을 사용했다. 나머지는 서재와 옷방이었다. 서재는 현선 이모의 작업실로 흰색 맥 컴퓨터가 멋지게 자리 잡고 있었다. 이모는 한국 기업의 가습기 설명서를 헝가리어로 번역하고 있다고 했다. 기술 번역. 대단한 건 아니라며 이모가 말했다. 아주 단순한 작업이라고.

"그게 왜. 대단하지."

이런 일에 겸손할 필요는 없다는 듯 엄마가 말했다. 한국어와 영어, 헝가리어를 자유자재로 말할 수 있다는 건 어떤 걸까. 가늠되지 않았다. 세상엔 정말 다양한 언어가 있다. 헝가리만 해도 그랬다. 주로 헝가리어로 말하지만 영어, 독일어, 체코어, 슬로바키아어 등 주변 국가 언어가 오갔다. 라슬로도 영어와 간단한 독일어를 할 줄 알았다. 대화 중 더 놀랐던 건 자동차를

나쁜 짓

타고 국경을 넘을 수 있다는 거였다. 라슬로네는 독일 뮌헨이나, 오스트리아 할슈타트, 크로아티아 자다르와 같은 소도시에서 휴가를 보내 왔다고 했다. 모두 처음 들어 보는 곳이었다.

나는 조금 불공평하다고 생각했다. 나만 갇혀 있다는 느낌. 괜히 라슬로에게 질투가 났다.

"왜 이모랑 푸스카스는 방이 따로 있어요?"

그들의 다정함. 나는 모르는 척 물었다.

"각자의 공간이 필요하니까."

별일 아니라는 듯 이모가 답했다. 나는 이모의 말을 단박에 이해했고 그러자 부끄러워졌다. 사과와 해명을 하고 싶었는데 어디서부터 말을 해야 할지 알 수 없었다. 그러는 사이 엄마와 현선 이모는 짐 정리와 잘 준비를 했고 그 일은 지나가고 말았다.

나는 라슬로의 방에서, 엄마는 현선 이모 방에서 묵었다. 잘 준비를 다 마쳤을 때 라슬로가 속옷만 입은 채로 방에 들어왔다. 물에 젖은 고슴도치 같은 머리와 도드라진 이마, 깨끗한 피부에 탄탄한 가슴팍 같은 것이 한눈에 들어왔다. 라슬로는 무신경하게 머리를 말렸다. 나는 최대한 관심 없는 척 배꼽 밑에 짧게 난 체모나 겨드랑이에서 허리까지 이어지는 매끈한 곡선 같은 것을 힐끔힐끔 훔쳐봤다. 같은 남자지만 낯선 남자의 몸이었다.

우리는 거리를 둔 채 침대에 걸터앉았다. 방은 깔끔한 편이었으나 잡다한 물건들이 책상에 어질러져 있어 다소 산만한 느낌을 주었다. 만화책과 종이 쪼가리들, 엉켜 있는 유선 이어폰과 양말, 로션, 정체 모를 작은 상자, 가늘고 긴 흰색 스탠드, 포스트잇과 각종 볼펜, 2kg짜리 아령, 포린트 동전 몇 개 같은 것들이.

많은 대화를 나누진 않았지만 의사소통에 어려움은 없었다. 자기 전에 나는 라슬로에게 안약이 있는지 물어봤다. 그 애가 사용하는 건 크레용같이 생긴 모양으로 거꾸로 들어 용기 바닥을 누르면 안약이 나오는 식이었는데 익숙하지 않아 사용하기가 쉽지 않았다. 내가 안약을 넣지 못하고 헤매자 라슬로가 웃었다. 베이비. 그러곤 옆으로 다가와 내 손을 잡고 사용 방법을 알려 줬다. 그게 다였다. 베이비, 그 애의 큰 손, 가까이서 움직일 때 나는 살냄새. 첫날 밤은 그렇게 지나갔다.

여행은 단조로웠다. 사람 사는 건 다 비슷했다. 내가 느끼기엔 그랬다. 문화와 생활 방식이 조금 다를 뿐이었다. 그러니 낯선 장소와 사람이 우리를 새롭게 만들었다. 엄마와 현선 이모는 아침마다 한인 마트에서 사 온 식자재로 김치찌개와 된장찌개, 미역국 같은 것을 요리했다. 푸스카스와 라슬로는 오랜만에 먹는 한국 음식이라며 좋아했다. 저녁에는 갈비찜 맛이 나는 굴라시와 딱딱한 빵, 파스타나 동그란 밀떡 요리인 뇨키를 먹었다. 그저 식사하는 것뿐인데 식당 풍경이나 음식, 그릇이나 식기 같은 것이 머릿속에 오래 남는다.

오후에는 주로 관광지를 돌아다녔다. 현선 이모는 가이드를 자처해 우리에게 이곳은 어떤 곳이고 저곳은 언제 생겼으며

나쁜 짓

여기는 무엇이 좋은지를 쉼 없이 설명했다. 능숙한 헝가리어를 곁들여서. 세체니 다리와 어부의 요새, 마차시 성당과 부다성도 멋졌지만 내가 보기엔 이모가 더 멋있었다.

"될 수 있으면 해외여행을 많이 해 봐. 네 엄마가 싫어할 수도 있지만."

현선 이모가 말했다. 성 이슈트반 대성당 근처 스타벅스에서 음료를 마시며 쉬던 중이었다.

"나중에 커서 많은 곳을 가 봐. 조심하되 많은 사람을 만나고. 과정은 몰라도 결과는 후회 없어."

현선 이모는 라슬로를 낳기 전 푸스카스와 유럽을 다 돌아다녀 봤다고 말했다. 그때 많은 것을 보고 느끼고 배웠다고.

"정확히 무엇을……이라고 말할 순 없지만." 이모가 이어 말했다. "확실하게 있어."

확실하게 있는 것. 나는 그것이 무엇일까 궁금했다. 질끈 묶은 머리 위에 선글라스를 얹은 현선 이모의 얼굴은 부드러웠으나 조금은 지쳐 보였다.

"그때는 스마트폰이나 내비게이션도 없이 지도만 보고 다녔어."

"그게 가능해요?"

"그때는 그랬어."

현선 이모가 푸스카스를 만난 건 대학 시절, 호주 멜버른에서 유학 생활을 하고 있을 때였다. 푸스카스는 이모가 일하는 쌀국숫집의 단골손님이었는데 술을 많이 마신 다음 날이면 꼭

정유한

들렸다. 두 사람은 자연스럽게 대화를 나누게 되었고 현선 이모는 원래 일정보다 1년 더 머물렀다. 그다음 해에는 푸스카스가 한국에 왔다. 이모가 대학을 졸업한 해, 두 사람은 헝가리로 떠났다.

결혼은 쉽지 않았다. 부모님의 반대가 있었다.

"근데 결국은 사람이더라고, 나는 그랬어."

이모가 말했다.

"삶이 풍성해져."

그 말을 한 뒤, 현선 이모는 잠시 회상에 잠긴 듯했다. 대성당 앞에서 갑자기 큰 소리가 들리더니 이내 잠잠해졌다.

"엄마는 어떨 것 같아?"

내가 물었다. 고민 끝에 내뱉은 말이었다.

"뭐가?"

엄마가 나를 바라보며 답했다.

"내가 외국인이랑 결혼해서 외국에서 사는 거."

내 말에 현선 이모가 웃으며 좋아했다. 엄마의 대답이 궁금했다. 이건 일종의 시험이었다. 엄마의 마음을 간파하는 것. 중요한 일이었다.

"얘가 벌써."

엄마가 의외라는 듯 놀라자 현선 이모가 요즘 애들은 한국이든 헝가리든 빠르다는 말을 했다. 지나가는 장난들. 나는 긴장한 채 엄마의 답을 기다렸다.

"글쎄. 건휘가 어떤 여자를 만나려나."

엄마는 정말로 궁금해하는 것 같았다. 남자애들은 결국 엄마 닮은 여자를 만난다는 말로 대화가 이어졌다. 그런 말을 듣자 순간 가슴께가 홧홧하게 저렸다. 아무 말도 할 수 없었다. 초등학교 6학년 때 음악 선생님이 생각났다. 잘생긴 얼굴에 키가 크고 좋은 향이 나던. 선생님은 나를 귀여워했지만 그뿐이었다. 달리 할 수 있는 것도 없었다. 나는 졸업했고 중학생이 됐다. 선생님은 아직 내가 다니던 초등학교에 있다. 나는 졸업한 학교에 가지 않고 선생님의 소식은 굳이 찾아 듣지 않는다.

그때부터인가? 언제라고 할 것도 없다. 왜일까. 하루에도 수십 번씩 나는 묻곤 했다. 나는 왜 남자를 좋아하게 됐을까? 왜 남자가 좋은 걸까? 왜 이렇게 태어났을까? 그 질문은 아무에게도 할 수 없었다.

해가 지고 있었다. 나는 말없이 주변을 둘러보았다. 대성당 앞엔 여전히 사람이 많았다. 간혹 라슬로와 눈이 마주치곤 했는데 그 애는 흥미 없다는 듯 눈을 피했다. 저 사람들은 무엇을 위해 이곳에 온 걸까? 순간 이 모든 만남이 부질없이 느껴졌다. 내 기대만큼 돌아오는 건 없었다. 바보 같아. 그러나 나는 또 아주 조그만 것에도 기대하겠지. 그럴 것이다.

엄마는 다 알아. 엄마는 그 말을 자주 했다. 엄마가 모르는 척하는 거지 사실은 다 알아. 웃겼다. 알긴 뭘 알아. 그러나 엄마가 정말 다 알고 있기를 바란 적도 있었다. 이미 나를 이해하고 있기를. 그래서 내 걱정이 한낱 한때 지나간 일로 치부되어 작은 웃음으로 기억되기를 바랐다. 언젠가는 자는 엄마 옆에 누워 손을 꼭 잡은 적도 있었다. 내가 아무 말 하지 않아도, 정말 엄마라면, 한때 탯줄로 이어져 한 몸이었던 사이라면 전해지지 않을까 해서. 말도 안 되는 일이란 걸 알면서도 그랬다.

난 남자를 좋아해.

그렇게 속으로 외쳤다. 그러나 닿지 않았다. 엄마는 모른다.

주말 아침, 푸스카스가 쉬는 날이어서 다 같이 물놀이를 하러 가기로 했다.

"세체니 온천보단 팔라티누스 스파지."

현선 이모가 놀리는 투로 말했다. 나와 라슬로가 놀기에 좋다는 이유로 푸스카스가 한 말이었다. 햇빛 탓인지 라슬로는 미간을 찌푸리며 어른들을 바라보고 있었다. 이제 유치한 장난은 그만하고 어디든 가자는 듯이.

세체니 온천은 로마 시대 때부터 헝가리에서 가장 유명한 온천이다. 바로크 양식 건물과 넓은 스파가 특징인 곳에 현선 이모는 엄마를 데려가는 것을 포기할 수 없었고, 결국 푸스카스 몰래 다녀왔다. 이건 비밀이야. 돌아오는 길에 엄마가 말했다. 푸스카스가 잘 삐지는 성격이래. 라슬로는 킥킥 웃었고 나는 고개를 끄덕였다.

머르기트섬에 있는 팔라티누스 스파는 야외 온천과 미끄럼틀, 유수풀과 파도풀로 이루어져 있었다. 푸스카스는 나와 라슬로보다 더 신나 보였다. 그는 현선 이모와 라슬로에게 물을 튀기고 물장구를 쳤으며 폭포같이 물을 내뿜는 동상 아래로 그들을 끌어당겼다. 현선 이모와 라슬로는 귀찮다는 듯 굴었지만 얼굴엔 웃음기가 가득했다.

미끄럼틀을 타러 가자고 라슬로가 말했다. 신나 보이는 그 애의 얼굴. 엄마와 현선 이모가 유수풀에서 쉬겠다고 해서 푸스카스가 우리와 동행했다. 미끄럼틀은 보라, 파랑, 노랑, 주황색으로 네 개가 있었다. 기구를 타는 줄에 라슬로와 비슷한 또래 애들이 많았는데 무리를 지어 다니는 남자애들 모두 몸매가 길쭉하고 군살이 없었다. 라슬로는 푸스카스를 닮아 체격이 크고 근육이 꽤나 붙어 있었다. 나는 아니었다. 키가 작고 몸이 왜소해서 볼품없었다. 나는 그 애를 자주 흘겨봤다. 그 애 등으로 흐르는 물줄기, 물에 젖어 하얗게 비치는 솜털 같은 것을.

미끄럼틀 순서를 기다리는 동안 푸스카스와 라슬로는 내게 장난을 쳤다. 내 어깨를 주무른다든가 옆구리를 찌른다든가 하는 장난. 보라색과 파란색 미끄럼틀은 시시했다. 나는 조금 들떴다가 어느 순간 바보같이 보일 것 같다는 생각이 들었다. 스탑. 내가 말했다. 장난은 계속됐다. 스탑. 다시 한번 외쳤다. 오, 암 쏘리. 그 애가 무안한 듯 말했다. 푸스카스가 분위기를 풀기 전까지 우리는 말없이 순서를 기다렸다.

노란색 미끄럼틀의 각도는 수직에 가까웠다. 주황색은 더했다. 다칠지도 모르겠다는 생각이 들었다. 주황색은 타지 않겠다고 말했다. 나는 밑에서 기다리기로 했고 둘은 알겠다며 미끄럼틀 뒤편으로 뛰어갔다. 나는 조금 우울해졌다. 왜 그랬을까? 별것도 아닌 일이었는데.

순서는 금방 돌았다. 수직 낙하하듯 사람들이 미끄럼틀에서 떨어졌다. 물에서 나온 사람마다 환호를 질렀다. 올려다보니 라슬로와 푸스카스 차례였다. 나는 친구처럼 격 없이 지내는 둘 사이가 부러웠다. 차갑고 시린 슬픔. 혼자 기다리는 일이 너무 길게 느껴졌다. 잘난 애들은 몰라. 라슬로는 이런 내 기분을 느껴 본 적이 없을 거란 생각이 들었다. 두 사람이 주황색을 타고 차례로 내려왔다.

파도풀은 타이밍이 중요했다. 파도가 올 때 몸을 띄울 것. 그러나 파도는 예측할 수 없었다. 라슬로와 푸스카스는 수영을 잘했다. 난 아니었다. 파도가 왔고 몸을 띄워야 하는데 발이 바닥에 닿지 않았다. 어느새 깊은 곳까지 들어온 거였다. 그 상태로 파도를 한 번 더 맞고는 숨 쉬는 타이밍을 놓쳤다. 나는 허우적대며 발이 바닥에 닿는 곳으로 급하게 물러났다. 콧속이 따가웠다.

풀장 밖으로 나와 잠시 숨을 골랐다. 이곳 스파에서는 모두가 구명조끼를 입지 않았다. 바다 한가운데였다면 죽었을 거라는 생각이 들자 이상하게도 묘한 쾌감이 들었다. 나는 라슬로가 있는 곳까지 들어가 보기로 했다. 이번에는 지고 싶지 않았다. 파도풀은 처음보다 거세져 있었다. 나는 힘차게 발길질을 했다. 그러기를 몇 번, 다시 두려움이 몰려왔다. 금방이라도 타이밍을 놓쳐 빠질 것 같은 느낌. 예감은 틀리지 않았다. 이번엔 너무 깊었다. 뒤로 가도 발이 땅에 닿지 않았다. 물속에서 숨을 참고 타이밍을 다시 잡아 보려 했지만 헛수고였다. 계속해서

몰아치는 파도에 정신을 차리기가 어려웠다. 그때 라슬로가 내 옆으로 다가왔다. 나는 그 애의 몸을 잡고 꽉 끌어당겼다. 부력 때문인지 내 몸이 가볍게 그 애의 몸에 달라붙었다. 단단한 그 애의 몸. 라슬로는 내가 달라붙었는데도 당황하지 않고 천천히 파도를 타며 뒤로 물러났다.

아 유 오케이? 숨을 헐떡이고 있는 내게 라슬로가 물었다. 나는 그 애를 끌어안은 채로 콜록거리며 얼굴에 흐르는 물을 연거푸 닦아 냈다. 라슬로는 내 얼굴과 몸을 어루만지며 나를 달랬다. 정신이 아득한 와중에도 느낄 수 있었다. 물에 빠진 탓인지 라슬로가 내 몸을 어루만져 준 탓인지 심장이 마구 뛰었는데 하나 분명한 건 그 애가 나를 더 오래 달래 주길 바란다는 거였다. 잇스 오케이, 잇스 오케이. 그 애도 나 때문에 조금 놀란 듯했다. 나보다 겨우 조금 더 성장한 남자애. 그런 그 애가 바로 내 앞에 가까이 있고 지금껏 이런 순간을 바라 왔다는 사실을 깨닫자 알 수 없는 감정이 복받쳐 올라와 눈물이 터질 것만 같았다.

"라슬로."

내가 작게 외쳤다.

"오, 거뉘."

라슬로가 크게 웃었다.

라슬로가 뒤척인다. 잠은 여전히 오지 않고 나는 어두운 천장만 바라본다. 밤거리의 소음도 아름다운 도시. 버스를 타고

정유한

집으로 돌아오는 길에 라슬로에게 이곳에서 살면 어떤 기분인지 물어본 적이 있었다. 굿. 한마디였다. 간단해서 좋겠다고 한국어로 말하자 라슬로가 왓? 하고 물었다. 그 애가 알아듣든 알아듣지 못하든 상관없었다. 라슬로는 너무 모른다는 생각이 들었고 그러자 괜히 미워졌다. 그러나 대체 무엇이? 정확히 알 수 없었다. 대신 나는 라슬로에게 묻고 싶었다. 정말로 10년 전의 나를 기억하냐고. 그때 너도 어리지 않았냐고. 라슬로는 나에 대해 어떻게 생각할지. 내가 알고 싶은 건 단순한 것들이었다.

셋째 날 밤이던가? 여느 밤처럼 잠들지 못하고 가만히 누워 이런저런 생각을 하고 있었다. 아침이면 기억나지 않을 공상과 남들에게 말할 수 없는 열망, 방학식 날 기원이랑 싸웠던 일, 지난 2016년 노르웨이의 한 국립공원에서 323마리의 순록이 벼락에 감전돼 죽었지만 생태계엔 아무런 문제가 없었다는 기사 따위의 것들이 머릿속을 오갔다.

라슬로는 얇은 민소매와 짧은 반바지를 잠옷으로 입고 있었는데 몸을 뒤척일 때면 그 애의 맨살이 내 몸에 닿았다. 그럴 때마다 나는 그 애의 살과 근육, 그리고 뼈마디 하나하나를 모두 만져 보고 싶은 충동이 일었다. 따뜻한 체온, 특유의 살냄새, 천천히 오르내리는 몸…… 그리고 그 애의 얼굴이 가까이 있었다. 가슴이 두근거렸고 뽀뽀하고 싶었다. 단순하지만 정확한 마음. 그러나 그 마음이 확실해질수록 나쁜 짓을 하는 기분이 들었다.

여행하는 동안 나는 라슬로에게 최대한 관심 없는 척 굴었

151

다. 그래야만 했다. 그 애는 내게 잘해 줬다. 내게 자꾸 붙으려는 강아지 같은 면도 있었다. 혼자 장난치고 웃었다. 나는 밀어내는 쪽이었다. 그럴 수밖에 없었다. 항상 조심해야 했다. 그러나 대체 무엇을? 왜 내가? 때때로 반항심이 들곤 했지만 잠깐이었다. 막연한 두려움. 밑도 끝도 없는 기분이었다. 그런 것이 내 안에 항상 자리 잡고 있었다.

헝가리에서의 시간은 빨리 흐른다. 아주 차갑고 아름답게. 마지막 날 밤엔 야경으로 유명한 국회의사당을 보러 갔다. 트램을 타고 도착하자 완전히 어두워지기 전인데도 이미 가로등과 건물마다 주황색 불이 켜져 있었다. 따뜻하다. 그런 말이 저절로 입에서 흘러나올 법한 빛이었다. 그 앞으로 두너강이 길게 뻗어 있었다.

우리는 강변을 천천히 거닐었다. 그곳은 국회의사당을 구경하러 온 관광객들과 개를 데리고 산책 나온 주민들, 지나가는 자동차와 트램으로 조금 시끄러웠다. 그러나 내 마음만은 고요했다. 우리는 강둑에 걸터앉아 흐르는 강을 바라봤다. 마치 아무런 일도 없었다는 듯이. 그 위로 떠다니는 작은 유람선들. 휘몰아치는 물소리. 낮은 목소리들.

강은 계속 흐르고 사람들이 하나둘 늘어났다. 나는 엄마의 왼쪽 팔을 끌어안고 머리를 기댔다. 라슬로는 알아들을 수 없는 말로 가족과 대화를 나누고 있었다.

"집에 가기 싫어."

나도 모르게 말이 튀어나왔다.

"우리도 여기서 살까?"

엄마가 웃으며 내 머리를 몇 번 내리쓸었다. 엄마도 집에 가기 싫은 걸까? 우리가 정말 헝가리에서 살 수 있을까? 그냥 한번 해 본 소리라는 걸 안다. 아쉬움을 뒤로한 채 한국으로 돌아가 그래도 내 집이 가장 편하다고 생각하며 다시 일산으로 돌아갈 것이다. 이 여행은 끝내 추억으로 남을 테지만 이곳에서의 삶을 상상해 보지 않을 이유는 없었다.

날이 완전히 어두워지자 국회의사당에 불이 켜졌다. 아주 샛노란 불빛이었다. 마치 불타오르는 것 같았다. 가까이 다가가면 타 버릴 것같이 강렬하지만 밤이 지나면 모든 게 소진되어 사라질 것처럼 위태로워 보이기도 했다. 맞닿은 강에도 불이 번졌다. 그리고 그 위로 유람선이 지나갔다. 강물이 빠르게 흔들렸다.

아름답고 쓸쓸하다.

처음 느껴 보는 감정이었다. 아니, 이미 알고 있는 감정이었다. 나는 천천히 라슬로를 바라봤다. 지금까지 날 누르던 수많은 것들. 막연한 두려움, 동시에 드는 반항심과 불안함 그리고 죄책감까지. 눈이 마주쳤고 그 애가 나를 보고 웃었다. 상상 속 헝가리에서의 삶엔 라슬로가 항상 내 옆에 있다. 내 머리는 그걸 당연하게 받아들이고 오히려 그렇지 못한 현실에 어리둥절하다. 무슨 일이지? 이제 나는 안다. 그동안 내가 바보 같은 생각을 하고 있었다는 걸. 그래, 이건 절대 나쁜 짓이 아니었다.

나쁜 짓

솔로 플레이는 이제 그만

전삼혜

전삼혜

2010년 제8회 대산대학문학상을 받으며 등단했다.
장편소설『날짜변경선』,
소설집『소년소녀 진화론』과『위치스 딜리버리』를 발표했고,
앤솔러지 소설집『어쩌다 보니 왕따』『존재의 아우성』『사랑의 입자』
『엔딩 보게 해 주세요』등에 참여했다.

한밤중, 나는 스팀 라이브러리에 쌓아 둔 게임을 죽 훑어보았다. 전부 솔로 플레이 게임이었다. 게임 안에서 나는 언제나 혼자 행동했다. 외딴집의 미스터리를 푸는 탐정이 되었다. 가장 적은 수의 블록으로 집을 짓는 건축가가 되었다. 총을 쏘며 좀비를 사냥했다. 어느 세계에 가든 나는 혼자였다. 그래도 나는 혼자 하는 게임이 좋았다. 나 홀로 있는 세계에선 내가 주인공이라서.

나는 수인공이 되고 싶었다.

바깥세상에선 언제나 주변인이어서.

우리 학교가 게임이라면 주인공은 바로 저 애겠지. 나는 처음에 유진을 봤을 때 그렇게 생각했다. 유진은 반짝거리는 애였다. 입을 벌리고 웃을 때 드러나는 뾰족한 송곳니. 선생님들이 뭐라 하든 늘 가방 중앙에 달려 있는 퀴어 배지와 인권 배지. 그 애에게는 그늘이 없을 것 같았다. 그에 비하면 나는 주변인. 게임 밖에서는 주인공 자리를 탐내지도 못하는 사람. 내가 유진과 사귀었던 게 어쩌면 꿈은 아니었을까. 나는 밤마다 생각했다. 생각하지 않고 곯아떨어지고 싶어 오래오래 게임을 했지만 그 생각은 내 머리에서 지워지지 않았다.

꿈은 아니겠지. 나는 책상에 엎드려 내 필통 속에 들어 있는 아쿠아블루색 매듭 팔찌를 만지작거렸다. 복도에서 가끔 유진과 마주쳤다. 유진은 아직도 그때 나와 같이 산 팔찌를 하고 있었다. 색은 다르고 모양은 같은 팔찌. 여자애와 여자애가 나누어 가지기에 딱 적당한 팔찌였다. 그게 우리의 연인 증표라고는 누구도 생각하지 못할 것 같았다. 그래도 종종 화가 나는 때는 있었다. 유진이 그 팔찌를 아무렇지도 않게 차고 다니는 점이 그랬다. 유진에겐 나와 사귀고 헤어진 게 별일 아니었고 나와 노점에서 30분을 머리 맞대고 고른 커플 팔찌도 그냥 장신구인 걸까, 싶어서.

유진에게 먼저 헤어지자고 한 건 나였는데.

유진은 내가 바이섹슈얼이라는 걸 알고 있었다. 내가 좋아한다는 걸 유진에게 들켰을 때, 얼떨결에 말해 버렸기 때문이다. 맞아, 나 너 좋아해. 그런데 나 레즈 아니라 바이야. 유진은 고운 눈썹을 찡그렸지만 이내 피식 웃었다. 그래? 난 레즈야. 그런데 학교에선 연애 금지니까 우린 비밀 연애 해야겠다. 그때 유진 뒤로 부서지는 햇빛이 눈부셨다. 그 햇빛도 유진의 일부 같았다. 그래서 작년 이맘때, 우리는 비밀 연애를 시작했다.

유진과 만나기 전, 남자 친구도 사귀어 봤고 여자 친구도 사귄 적이 있었다.

하지만 둘 다 내가 남녀 두 성을 모두 좋아할 수 있다는 걸 기꺼이 받아들이지는 않았다.

동성애면 동성애고 이성애면 이성애인 거지, 양성애자는 싫어.

첫 번째 여자 친구는 그렇게 말했다.

네가 양성애자라니, 그건 착각이야. 가끔 동성에게 끌리나 싶을 때도 있는 거지.

첫 번째 남자 친구는 그렇게 말했다.

하지만 나는, 틀림없이, 양성애자였다.

유진에게 반한 기회는 사소했고, 결정적이었다.

작년 수학 시간이었다. 나는 응용문제를 풀지 못하고 칠판 앞에 서서 보드펜을 움켜쥐고 있었다. 아랫배가 쿡쿡 찌르는 듯 아팠다. 지난주 이 시간에 내가 감기 때문에 결석했다는 걸 모르는 걸까, 모르는 척하는 걸까. 수학 선생님은 내가 문제를 풀지 않으면 언제까지고 자리로 돌려보내지 않을 것 같았다. 수업 진도나 빨리 나가지. 등 뒤에서 애들의 싸늘한 시선이 느껴졌다. 그때 앞자리에서 유진이 손을 들었다. 선생님, 아라 지난 시간에 결석했어요. 수학 선생님은 날 흘끔 보더니 출석부를 펼쳤다. 나는 안도의 한숨을 내쉬었다. 내가 결석했다는 걸 확인받고 자리로 돌아가자, 유진이 대신 앞으로 불려 나왔다. 유진은 나보다 키가 작아서 내가 서 있던 자리보다 낮은 자리에 답을 썼다. 수학 선생님은 쯧쯧거렸다.

"결석한 걸 알면 진작 말을 하지. 수업 시간 아깝게."

유진이 앞자리로 돌아가 앉았다. 유진의 책상 옆에 걸린 책가방을 수학 선생님이 지시봉으로 쿡 찔렀다.

"배지가 주렁주렁, 이게 뭐냐? 성소수자 뭐? 커서 뭐가 되려고."

그러자 유진은 활짝 웃으며 대답했다.

"로스쿨 들어가서 인권 변호사 될 거예요."

선생님은 기가 차다는 듯 이마를 짚었고, 우리는 억지로 웃음을 참았다.

나는 방과 후에 남아서 연습 문제 스무 개를 푸는 숙제를 받았다. 유진은 앞자리에서 내가 모르는 문제들을 설명해 주다 입을 쭉 내밀었다.

"인권 변호사는 무슨. '동성 결혼식 주례 전문가'가 진짜 꿈인데."

"왜 그렇게 말 안 했어?"

내가 묻자 유진은 계속 연습장 위로 펜을 움직이며 대답했다.

"어른들 알아듣기 편하라고. 그리고…… 우리가 크면 동성 결혼이 별것도 아니어서 주례 전문가 같은 게 필요 없으면 더 좋겠어."

그런 애였다. 그래서 반했다.

한 번도 퀴어 퍼레이드에 갈 용기를 내지 못했던 나와, 지적을 받으면 고개부터 숙이던 나와, 너무 다른, 빛나는 유진. 내가 바이섹슈얼이라고 말했을 때, 5초도 침묵하지 않고 자신은 레즈비언이라고 말하던 유진.

　유진은 성소수자 청소년 모임에서 익명 또래친구 상담 도우미를 하고 있었다. 레즈비언이면 어때요. 커밍아웃은 하고 싶은 사람에게만 하세요. 당당하게 살아요. 혹시 레즈비언이라는 이유로 자기를 좋아할까 봐 도망가는 동성 친구가 있다면 말해 주세요. 야, 이성애가 판치는 세상에 너는 이성을 볼 때마다 반하냐? 그렇게 말할 수 있는 용감한 유진.

　빛나는 사람을 사랑하면 세상이 다 빛날 줄 알았는데, 별로 그렇진 않았다. 우리는 3학년이 되어 반이 갈라졌다. 유진은 나에게 불안해하지 말라고 했지만 나는 유진과 떨어져 있으면 불안했다. 누군가 또 유진에게 반하면 어쩌나. 남자든 여자든 유진에게 반하면 나는 어떻게 하나. 유진은 내가 어렵게 털어놓은 고민에 씩 웃으며 말했다. 난 이미 애인이 있잖아. 나는 너를 남자가 좋아하든 여자가 좋아하든 하나도 안 불안한데? 너한테는 나라는 애인이 있으니까. 그 말을 증명하듯 유진의 반에 찾아가면 유진은 호들갑스럽게 내 손을 잡으며 '자기야!'라고 했다. 농담처럼 턱없이 밝게. 나는 그 손을 잡는 순간에는 정말, 정말 행복했다. 하지만 손을 놓고 각자의 반으로 돌아가면 불안했다. 네가 누구든 뭐든 너는 내 애인이야. 네가 내 최고야. 그렇게 말하는 유진에게 미안한 마음과 불안한 마음이 뒤범벅

되어서 나는 결국 유진에게 헤어지자고 했다.

참 못난 애인이었다.

여자랑 사귈 때, 남자랑 바람날까 봐 신경 곤두세우는 애인이 싫었으면서. 남자랑 사귈 때, 내가 여자도 좋아할 수 있는 사람이라는 걸 못 본 척하려는 애인이 싫었으면서. 난 왜 그 애들과 똑같은 짓을 저지를까. 내가 싫었다.

첫 여자 친구는 '너 바이라며. 배신자.'라는 문자로 나에게 그만 사귀자는 통보를 보냈다. 첫 남자 친구는 '나는 네가 여자하고 있는 걸 봐도 불안하고 남자하고 있는 걸 봐도 불안하다'며 그만 사귀자고 했다. 여자한테 느끼는 사랑은 착각이라고 한 건 걔였는데도.

그래서 데면데면, 남들이 보기에는 친구였다가 잠시 싸움이라도 한 것처럼 덤덤하게 지냈다. 뽀뽀하고 웃고 껴안고 로맨스 영화 다섯 편을 찍을 것처럼 장대했던 이야기가 흔적도 없이 사라진 것 같았다. 유진이 나를 사랑한다는 걸 알면서도, 나는 유진 앞에 서면 자꾸만 못나졌다. 연애에서만큼은 주인공이 되고 싶었는데. 유진에게는 내가 주인공이었을 텐데.

나는 스스로 주인공 자리를 반납해 버린 거나 마찬가지였다.

그럼에도 불구하고 우리는 잘 살고 있었다. 오며 가며 공통의 친구들과 인사는 했지만 전처럼 뻔질나게 유진의 반에 찾아가지는 않았다. 유진은 '자기야!' 대신 '아라야!'라고 날 불렀다. 몇몇 친구들은 놀리듯 '너네 깨졌냐?'고 물었다. 유진은 눈물을 닦는 시늉을 하며 '차였다'고 대답했다. 다 사실인데, 나는 왜 그런 일에까지 서운함을 느낄까. '깨졌냐'는 농담도 줄어들고 다시 애들은 나와 유진을 '친구' 사이처럼 대했다. 나도 그러고 싶었다.

하지만 현실은 이상하게 나를 유진 옆으로 다시 끌어당겼다.

선생님들에게 건방지고 까불지만 착하고 우수한 학생이라는 소리를 듣던 유진이, 변호사가 되겠다던 말이 허풍이 아니던 유진이 순식간에 문제아가 된 날이었다.

유진의 문제가 아니었는데도.

유진은 그저, 정당한 항의를 했을 뿐인데도.

"이런 건 교칙에도 없잖아요!"

하필 교무실 앞을 지나가던 중이라 나는 그 안에서 벌어지는 사건을 다 목격해 버렸다. 유진의 항의가 교무실 안에 쩡쩡 메아리쳤다. 차가운 창문에 부딪히고 되돌아왔다. 유진은 고개 숙인 누군가의 손목을 잡고 있었다.

"쟤, 4반 레즈 아님?"

어느새 몰려든 애들이 내 등 뒤에 서서 수군거렸다. 웅성대며, 알고 싶지 않은 타인의 사생활이 내 귀로 흘러 들어왔다. 4반은 유진네 반이었다. 4반에 소문난 레즈비언 여자애가 있는데 다른 학교 여자애랑 사귀었다. 그런데 4반 애가 헤어지자고 해서 여자애가 우리 학교로 찾아와 울고불고 난리를 쳤다. 4반과는 층이 달라서 그런 일이 있는 줄은 몰랐다. 그래서 그 다른 학교 애는? 몰라, 사회봉사 받았나? 우리 학교에선 4반 담임이

와서 쫓아냈대. 기승전결 후에 남겨진 아수라장.

"그런데 김유진은 왜 저짔냐?"

그러게.

불쑥, 작은 목소리가 끼어들었다.

"4반 담임이 이번 일 부모님한테 다 알린다고, 오늘 점심에 전화할 거니까 교무실로 내려오라 그랬대."

조금 큰 목소리들이 섞였다.

"미친."

"그게 김유진이 난리 칠 일임?"

나는 쿵쾅거리는 가슴을, 들고 있던 공책으로 꽉 눌렀다.

그건 그냥, 부모 훈계를 바라는 교사의 전화 같은 게 아냐.

아우팅이야.

그러나 '아우팅'이라는 말을 온전히 알아들을 만큼 크게 설명할 자신은 없었다. 나는 아이들 틈새를 빠져나가려고 했다. 뒤로 돌아서는데, 유진의 목소리가 내 귀로 날카롭게 파고들었다.

"그건 우리 문제잖아요. 그걸 왜 부모한테 알려요!"

그 찰나에도 나는 안도했다.

유진이 '우리 문제'라고 말해서. 유진이 화가 나는 와중에도 필사적으로 퀴어에 연대하고 다른 사람의 아우팅을 막으려는 기색이 선명해서. 그렇지만 유진의 목소리에 떨림이 섞여 있어 나는 쉽사리 걸음을 옮기지 못했다. 빠져나가지 못한 내 뒤로 퍽, 둔중한 소리와 아이들의 비명이 들리기 전까지. 비명

전삼혜

에 이끌려 나는 다시 교무실 안으로 시선을 주었다. 4반 담임은 파일을 들고 있었고, 유진은 한쪽 뺨을 감싸고 고개를 숙이고 있었다.

"김유진, 너까지 부모님한테 연락 가기 싫으면 나가!"

4반 담임의 노성이 애들을 흩어 놓았다.

"미친, 4반이 김유진 뺨 때렸어."

"야, 찍었어? 동영상 찍은 애 없어? 교육부에 신고해."

나는 도망쳤다.

어쨌거나 나는 이제 애인도 아니니까.

내 자리로 돌아와 아무 일도 없던 척 노트를 꺼내 영어 단어장을 옮겨 적었다. 손이 덜덜 떨리고 있었다. 점심시간을 마치는 종이 울리고 애들이 우르르 돌아왔다. 나는 일부러 그날 4반으로 가지 않았다. 뒷자리에서 속삭임이 차가운 공기를 타고 전해져 왔다.

"김유진 봤어? 존나 독해. 울지도 않아."

유진은 반성문을 쓰라는 벌을 받았다고, 아이들의 수군거림으로 나는 들었다. 나는 일부러 생활지도실 앞 도서실에서 유진을 기다렸다. 6시가 넘어서야 유진은 생활지도실에서 나왔다. 한쪽 뺨이 빨갛게 부어 있었다. 도서실에서 막 나온 나와 유진의 눈이 마주쳤다. 유진은 고개를 돌렸다. 이쪽 보지 마. 그런 말이 들리는 것 같았다. 나는 인사 한번 못 하고 집으로 돌아왔다.

게임을 끄고 잠자리에 들었는데도, 고민이 사라지지 않았다. 어떻게 하지.

다음 날 유진은 학교에 오지 않았다. 정학은 아니고 결석이라고 했다. 나는 하교 시간까지 기다렸다가 4반으로 갔다. 한 명이 자리에 앉아 있었다. 교무실에서 봤던 그 애였다. 나를 보고 그 애는 문 앞으로 걸어왔다. 윤소리. 명찰을 읽느라 고개를 아래로 떨군 내 귀로 말이 날아들었다.

"김유진 결석이야."

나는 고개를 들었다. 윤소리는 피곤하다는 표정으로 나를 보고 있었다. 입가에 반창고가 붙어 있었고, 목과 손목에는 파스가 붙어 있었다.

"너 김유진 친구지?"

나는 잠시 굳어 있다가 고개를 끄덕였다.

"나 좀 내버려 두라고 해. 오버하지 말고."

윤소리가 말했다.

욱하고 마음 안에서 뭔가 끓어올랐다. 오버라고 하지 마. 반박하고 싶었다. 그건 용기였다고. 유진의 목소리가 떨리고 있었다고. 애인이었던 내가 누구보다 잘 안다고 말하고 싶었다. 그런데 목에서 그 말이 컥 막혔다. 유진이 오버한다고 나도 느낀 적이 있어서, 나랑 있던 일들을 다 연극적으로 돌려 버리려는 그 모습에 혼자 속상해하던 내가 생각나서 말을 할 수 없었다. 그래도 네가 뭔데, 네가 유진에 대해 뭘 아는데. 소리치고 싶어서 나는 윤소리의 멱살을 잡았다. 그리고 바로 놓아 버렸다. 소리치기 전에 눈물이 날 것 같아서였다. 윤소리가 어이없다는 듯 허, 소리를 내고 한 발짝 물러섰다.

나는 기어 들어가는 목소리로 윤소리에게 사과했다. 그리고 도망치듯 계단을 내려가 교문을 나왔다. 차가운 바람에 입김이 하얗게 흩어졌다.

유진은 늘 진심이었구나.

진심으로 살려고, 많이 용기를 냈겠구나.

뒤늦은 미안함이 맴돌았다.

이제 유진을 예전처럼 사랑하지 않는데도.

나는 집으로 가는 대신, 나와 유진이 방과 후 데이트 장소로 삼던 유진의 동네 놀이터로 갔다.

유진은 그네에 앉아 있었다. 부었던 뺨은 가라앉아 있었다. 나를 본 유진이 멍한 표정으로 그네에서 일어서려고 했다. 나는 손을 내저어 앉아 있으라는 뜻을 전했다. 유진의 옆 그네가 비어 있었다. 나는 유진의 옆에 앉았다.

"어쩌다 알았어?"

유진의 질문에 나는 발로 바닥을 긁으며 대답했다.

"교무실 앞에 나도 있었어."

"그랬구나."

눈이 오려면 한참 멀었지만, 동복 재킷을 뚫고 찬 바람이 목과 팔을 스쳤다. 목도리라도 하고 올걸. 나는 코를 훌쩍거렸다.

"학교에 왜 안 왔어?"

유진은 추위에 움츠린 어깨를 조금 더 둥글게 말았다.

"담임 얼굴 보기가 무서워서."

뭐가, 라고 나는 묻지 않았다. 유진은 마음에 따라 행동했지만 후폭풍까지 두렵지 않을 리는 없었다. 목소리에 섞여 나오던 떨림. 성인을 이길 수 없을 거라는 무력감. 졸업 전까지는 자신의 담임일 사람에게 반기를 들었던 게 괜한 일은 아닐까 하는 후회. 자신을 때린 사람을 매일같이 봐야 한다는 두려움.

그래서 나는 예전의 유진이 애인인 나에게 입버릇처럼 하던 말을 들려주었다.

"불안해하지 마."

유진의 몸이 흠칫 굳었다. 나는 쓰게 웃었다.

"괜찮을 거야."

내가 네 애인이잖아. 그런 말은 할 수 없었다. 사랑하지 않으니까. 이건 사랑과 다른 감정이라는 걸 알고 있었다. 미안함과 무력함이 뒤섞인 마음을 짜내어 나는 덧붙였다.

"내가 도와줄게."

굳은 유진의 등줄기가 서서히 풀어지는 것이 보였다.

"생활지도실 앞에서 피해서 미안해."

유진의 앞으로 내가 다가섰고, 유진이 내 몸에 살짝 기댔다.

"담임도 무서웠지만, 네가 화낼까 봐 그것도 무서웠어. 생활지도실 앞에서 너 되게 화나 보였어. 그래서 아무 말도 못 했어. 왜 그런 일에 나서서 언어맞냐고 화내도 내가 할 말이 없잖아."

전삼혜

나는 고개를 저었다.

"그런 일에 나서는 게 김유진 성격이지 뭐."

유진은 아직도 한쪽 볼이 완전히 낫지 않았는지, 한쪽 입가를 일그러뜨리며 웃었다. 이상하게도 사랑이 빠져나가고 나니까 유진의 약한 모습이 보였다. 사랑하지 않기 때문에 볼 수 있었다. 늘 빛나고 과할 정도로 활달했던 유진과 약한 유진, 양쪽이 내 마음 안에 똑같은 크기로 들어왔다. 둘 다 유진이었다. 애인일 때는 약한 유진을 보려고 하지 않았는데.

유진이 날 주인공으로 여겨 주기만 바라서, 유진을 서포트해 줘야겠다는 생각을 못 했는데.

늘 솔로 플레이 게임만 했더니, 함께 하려면 서로 서포트도 해야 한다는 걸 잊고 있었다.

유진을 솔로 플레이어로 만들고 있었다.

나는 유진의 손 위에 내 손을 겹쳤다.

"네가 그랬지. 많은 사람들에게, 고민하는 사람들에게, 말한 거 있잖아. 레즈비언이 여자라면 다 반하는 그런 거 아니라고."

유진의 눈동자가 나를 향했다. 나는 계속 말했다.

"바이섹슈얼도 세상의 모든 남녀를 연애 대상으로 보는 그런 거 아니야. 알지?"

내 말에 유진은 손을 빼내지 않았다. 손을 그대로 내 손 아래 둔 채, 천천히 고개를 끄덕였다.

"알아."

나는 겹친 손의 손가락을 천천히 오므렸다. 내 주먹 아래

유진의 손이 감춰지도록. 유진의 손을 내 손으로 덮고, 나는 숨을 들이켰다.

"되게 염치없고 되게 늦은 말인데, 구여친이 궁상맞아서 미안해. 근데 나는 너랑 친구가 되고 싶어. 너랑 같이 학교에서 매점도 가고, 책도 빌리고, 놀고, 체육 시험 연습도 하고 싶어. 내가 먼저 널 피해 놓고 이러니까 되게 이상한데, 그러니까, 혼자는 너무……"

혼자 있으면, 솔로 플레이를 하면, 내가 주인공이었다.

하지만 게임 맵에 혼자 있는 내 캐릭터가 너무 쓸쓸해 보일 때도 있었다.

유진의 눈을 보며 나는 고백했다.

"혼자는 너무 외롭고, 너 외로운 거 싫어하잖아. 네 오버액션에 내가 장단 맞춰 줄게."

너는 레즈고 나는 바이고, 너는 동성애자고 나는 양성애자야.

그런데 그게 우리가 친구가 못 된다는 얘기는 아니잖아.

여자랑 여자 사이에 친구도 있을 수 있지.

구여친끼리 친구가 못 된다는 법은 어디 있겠어.

"내일은 학교 갈게."

유진이 그네에서 일어섰다. 찬 그네에 오래 앉아 있었는지 유진은 윽, 하며 허벅지를 붙잡고 비틀거렸다. 나는 유진의 어깨를 붙들고, 유진이 자기 허벅지를 두드리며 앓는 소리를 내는 걸 지켜본 다음, 천천히 손을 뗐다.

"교문 앞에서 만날까?"

유진이 어정쩡하게 허벅지에 두 손을 얹은 자세로 나를 올려다보며 물었다. 나는 유진의 어깨를 툭툭 털어 내며 대답했다.

"목도리 하고 와."

교문 앞에서 웃으며 만나. 나는 내일 너네 반에 갈게. 자기야, 는 아니어도 유진아! 외치면서 껴안아 줄게. 네 친구들하고 인사도 할게.

이제부터는 파티 플레이 하자.

나의
미래

최진영

최진영

2006년『실천문학』신인상을 받으며 작품 활동을 시작했다.
소설집『팽이』『겨울방학』, 장편소설『당신 옆을 스쳐간 그 소녀의 이름은』
『끝나지 않는 노래』『나는 왜 죽지 않았는가』『구의 증명』『해가 지는 곳으로』
『이제야 언니에게』『내가 되는 꿈』등을 썼다.

니에게 나의 미래 이야기를 조금 해 주고 싶어.

잠시만 시간을 내서 들어 줄 수 있을까?

나의 미래를 얘기하려면…… 중학교 2학년 가을로 돌아가야겠다.

그때 나는 경상도의 어느 읍에 살고 있었어. 초등학교도 중학교도 각각 두 개뿐인 아주 작은 마을이었지. 고등학교는 버스를 타고 30분쯤 나가야 하는 시내에 있었고.

그해 가을 우리들 사이에는 '대성파'와 '스카이파'에 대한 소문이 파다했었지. 대성파는 대성학원에 다니는 남중생들이, 스카이파는 스카이학원에 다니는 남중생들이 만든 조직이었어. 마을에 다른 학원도 꽤 있었지만 대성과 스카이에 학원생이 제일 많은 편이었지. 대성파와 스카이파가 처음부터 나쁜 의도로 만들어진 건 아니야. 농구나 축구 때문이라고 들었어. 농구를 하려면 편을 나눠야 하니까 같은 학원에 다니는 아이들끼리 한편을 하고, 축구를 할 때는 사람이 많아야 재미있으니까 너희 학원 애들 좀 더 불러와, 그런 식으로 모이기 시작한 거야. 모여서 운동만 했으면 얼마나 좋았겠냐만…… 운동 중에 싸움이 붙은 거야. 야구의 벤치클리어링처럼 말이야. 한번 싸운 다음부터는 거의 싸우기 위해서 축구를 하는 식이었대. 아주 사소한 반칙이나 곱지 않은 눈빛, 나직한 욕설만 감지되어도 우르르 몰려나와 주먹을 휘두르고 발차기를 했던 거지. 그러다가 어느 날은 정말 영화 장면처럼 심하게 싸운 거야. 경찰차와 구급차가 마을을 돌아다니고 학교와 학원 선생님들이 경찰서로 쫓아가고. 온 동네가 난리였지.

그때 우리 엄마는 공장에서 주야간 교대 근무를 하면서 돈을 버느라고 동네에 일어나는 일은 거의 모르고 살았거든. 그런데 그 일은 엄마 귀에도 들어갔나 봐. 엄마가 내게 '그 학원 계속 다녀도 되는 거냐'고 묻더라. 나는 학원을 그만두겠다고 했어. 욕하고 침 뱉고 괜히 시비 거는 남자애들 틈에 있는 거 지긋지긋했거든. 우리 엄마는 바빠서 나한테 거의 신경을 못 쓰는 편이었어. 오히려 나는 편했지. 엄마에게 규칙은 하나뿐이었거든. 뭐든 내가 하고 싶은 대로 두는 거. 심지어 내가 '오늘은 학교 가기 싫다'고 하면 엄마는 '그래, 가지 마'라고 했어. 담임한테 전화해서 '오늘은 효주가 아파서 학교에 못 보내겠다'고 거짓말도 해 줬어. 근데 이상하더라. 엄마가 그렇게 내 편을 들어 주면 학교 가기 싫은 마음이 싹 사라지곤 했거든. 혼자 집에 있는 것도 심심하고. 어서 내일이 와서 학교에 가면 좋겠다는 마음이 절로 드는 거야. 억지로 학교에 못 가게 한 것도 아닌데 괜히 억울한 마음까지 들고 그랬어.

그때 내 짝이랑 나랑 같은 학원 다녔었거든. 내가 학원 그
만둔다니까 짝도 그럴 거래. 그러면서 자기 친구 언니가 서울
에서 대학을 다니는데 겨울방학 동안 고향에 내려와서 단기 과
외를 해 주기로 했다고, 중3 수학이랑 영어를 미리 배워 두는
과외라고, 그 과외를 같이 듣겠냐고 묻더라.

친구 누구?

물었더니

1반 미래. 전미래.

이러는 거야. 미래로 말하자면…… 아무튼 나는 미래를 알
았어. 알긴 알았는데 친구는 아니었어. 그냥 얼굴이랑 이름을
아는 정도였지. 내가 미래를 어떻게 알았느냐면, 그냥…… 예
뻤거든. 그런 사람 있잖아. 남들 눈에는 평범하게 보이는데 내
눈에는 정말 예쁜 사람.

2학년 봄 소풍 때 전미래에게 완전히 사로잡혔지. 소풍 때
는 교복 아닌 사복을 입을 수 있었고 우리는 그날만을 기다린
사람들처럼 옷과 신발과 가방으로 자기를 한껏 표현해 냈어.
아, 헤어스타일도 있다. 비슷한 단발머리에 모자를 쓰거나 스
프레이를 뿌리거나 독특한 머리띠를 해서 그날만큼은 완전히
다른 존재가 되어 보려고 했어. 아니다. 완전히 나란 존재가 되
어 보려고 했다는 게 더 맞겠다. 똑같은 교복과 단발머리에 가
려져 있던 나를 봉인 해제 하는 거니까.

유원지에 도착해 관광버스에서 내리면서 우연히 전미래를
봤어. 전미래는 평범한 청바지에 흰색 후드 티셔츠를 입고 있

었지. 파란색 가방을 메고 운동화를 신고 있었어. 한껏 멋을 낸 아이들 사이에서 전미래의 패션은 너무 평범했단 말이야. 그래서 더 눈에 띄었던 걸까? 아니야. 그건 아니야. 옷차림 때문이 아니야. 그때 전미래는 가만히 서서 골똘하게 무언가를 바라보고 있었어. 산이나 하늘이나 먼 곳의 나무 같은 것을. 그 골똘한 표정에 난 사로잡혔지. 저 아이는 무엇을 저렇게 보고 있을까? 저 아이는 지금 무슨 생각을 하는 걸까? 난 미래처럼 가만히 서서 미래와 비슷한 표정으로 미래를 바라보다가 깨달았어. 내가 전미래의 이름을 알고 있다는 걸. 우리는 같은 반도 아니었고 서로 얘기해 본 적도 없었는데, 그런데도 나는 전미래가 전미래인지 알고 있었던 거야. 전미래의 이름을 외우게 된 계기를 떠올리고 싶었지만 기억에 없었어. 나는 언제부터 전미래를 알았던 걸까?

그날 날씨는 좋았고 햇살은 부드러웠어. 잔잔한 바람이 미래의 머릿결을 조금씩 흔들었지. 아이들은 적당한 소음으로 떠들거나 웃었고 사방에 꽃이 피어 푸르고도 찬란했어. 그 가운데 전미래가 있었지. 미래 주위에 빛이 고였어. 아름다웠지. 그래, 예쁘다는 표현보다는 아름답다는 표현이 훨씬 잘 어울릴 거야.

응. 네 생각이 맞아. 그런 걸 보고 사람들은 '첫눈에 반했다'고 표현해. 그럴 수밖에 없는 순간이 있어. 그 사람이 뛰어나게 예뻐서가 아니야. 그렇다면 그 순간, 모두가 전미래에게 반했을 테니까. 그러니까…… 정말 그럴 수밖에 없는 순간이

최진영

있어. 바람과 날씨와 향기와 햇살이 오묘한 작당을 해서 내 눈에 오직 그 사람만 보이도록 만드는 순간. 지금까지 나는 그런 경험을 열세 번 했고 그중에 열 번은 전부 전미래에게 반했지. 첫눈에 반한 사람에게 다시 반할 수 있느냐고? 물론이지. 우리는 같은 사람에게, 처음과 같은 마음으로, 무수히 반할 수 있어.

너도 알까? 심장이 암흑으로 뚝 떨어지는 느낌 말이야. 미래에게 반한 이후 나는 수시로 그런 느낌에 사로잡혔어. 세상의 중간에 전미래라는 커다란 운석이 뚝 떨어진 것만 같았어. 느닷없이 생겨 버린 좋아하는 감정이 나를 너무 힘들게 했지. 마음에 엄청난 지진이 일어나는 것만 같았어. 내가 여자인데 여자를 좋아한다는 혼란 같은 건 전혀 아니었고, 사실 그런 생각은 해 본 적도 없고…… 다만 폭발적으로 불어나는 '보고 싶다'는 마음 때문에 지쳐 버렸던 것 같아. 좋아하는 감정 자체가 재난처럼 다가왔지. 좋아하는 마음을 아무리 퍼내고 잘라 내도 그 마음이 무섭게 자라나서 다시 나를 덮쳤으니까. 나를 짓누르고, 나를 지우는 것만 같았으니까. 그런 감정을 끌어안고 밥도 먹고 학교도 가고 숙제도 하고 시험도 쳐야 했으니까. 나는 미래에게 고백하고 우리가 연인이 되는 상상을 했어. 미래에게 차여서 내가 폐지처럼 구겨지는 상상도 했지. 맞아. 나 혼자 북치고 장구 치고 다 한 거야. 그런 걸 보고 바로 '짝사랑'이라고 하지. 그런 날들 중에 짝이 내게 말한 거야. 전미래의 언니에게 과외를 받지 않겠느냐고.

그럼 그 과외, 미래도 같이 받는 거야?

라고 너무 물어보고 싶었지만 진짜 간신히 참았다. 내가 그렇게 물어보면 짝이 나의 짝사랑을 단번에 눈치챌 것만 같았거든. 그땐 진짜 그랬다. 나의 말 한마디나 잠깐의 눈빛만으로 사람들이 나의 속마음을 모두 알아챌 것만 같았지. 이제는 알아. 사람들은 내게 그 정도로 관심이 많지 않다는 걸. 내 말투나 눈빛을 신경 쓰는 사람은 나와 나를 사랑하는 사람뿐이란 걸.

나는 내 마음을 알 수 없었어. 과외를 핑계로 미래와 친해지고도 싶었고, 그런 식으로 가까워지는 게 어쩐지 겁이 나기도 했어. 그래서 엄마에게 물어봤지.

친구네 언니가 방학 동안 과외 한다던데, 나 그거 들을까?

나는 엄마가 '차라리 다른 학원에 다녀'라고 대꾸하길 바랐어. 그럼 내가 전미래와 친해지지 못한 이유에 엄마 핑계를 대고 엄마 탓을 할 수 있잖아. 엄마는 이렇게 대꾸했어.

너 하고 싶은 대로 해.

난 평소와 다르게 신경질을 냈지.

엄마는 맨날 내 마음대로 하라는 말만 하고. 그거 되게 무책임하게 들리는 거 알아? 엄마가 대신 선택을 해 주면 안 돼?

엄마는 나를 멀뚱히 쳐다보면서 중얼거렸어.

이젠 마음대로 하라고 해도 지랄이냐.

나도 내 마음을 모르겠다니까! 모르는데 어떻게 마음대로 해. 엄마는 엄마 마음을 전부 다 알아?

엄마에게 신경질을 내면서 나는 깨달아 버렸어. 난 과외를

최진영

꼭 듣고 싶었던 거야. 아니, 과외를 핑계로 미래 가까이 가고 싶었던 거야. 근데 스스로 가고 싶진 않았던 거지. 누군가가, 거부할 수 없는 어떤 힘이 억지로 나를 미래의 영역으로 밀어 넣길 바랐지. 왜 그런 마음이 들었을까? 어쩌면 나는 대단한 운명론자였던 건지도 몰라. 온갖 역경을 뚫고 비극적인 이별을 예감하면서도 마침내 나의 사랑을 지켜 내는 고전 영화의 주인공이고 싶었던 걸까? 그러려면 일단 부모님의 반대를 비롯해서 엄청난 고난과 방해를 겪어야만 하는데 정작 엄마는 '너 하고 싶은 대로 해'라는 말이나 하고……. 나는 엄마하고는 말이 안 통한다고 신경질을 내면서 방문을 쾅 닫고 들어갔지.

나는 미래가 보고 싶었어. 미래가 너무 좋았지. 그래서 미래를 생각하면 미친 것 같았어. 좋아하는데 왜 괴롭지? 이게 정말 좋아하는 거 맞나? 한 사람을 좋아하는 마음이 커질수록 다른 사람에게는 화가 나고 짜증이 났어. 내가 나인 게 낯마땅했고 내가 나보다 더 나은 나였다면 전미래가 나를 먼저 좋아했을 것만 같았지. 맞아. 나는 전미래가 나를 좋아해 주기를 바랐던 거야. 과외니 뭐니 핑계를 대고 미래에게 먼저 다가가지 않아도 될 만큼, 내가 미래를 좋아하는 것보다 미래가 나를 훨씬 더 좋아하길 바랐던 거야. 문을 쾅 닫고 혼자 분에 차 울면서 나는 인정할 수밖에 없었어. '미래를 보고 싶다'는 내 마음이 '미래가 나를 좋아하면 좋겠다'는 욕심으로 커져 버렸다는 걸. 암흑 속에서 실 하나에 의지해 출구를 찾는 것처럼 나는 내가 진짜 바라는 것을 더듬더듬 하나하나 알아 가고 있었던 거지.

엄마가 문을 열고 들어와 물었어.

친구 누군데.

나는 방금 전 행동이 쪽팔렸기 때문에 더 신경질을 냈어.

말하면 엄마가 알아?

엄마는 문고리를 붙잡고 서서 말했어.

말을 해야 알지.

밤새 잠을 자지 못하고 일한 엄마의 두 눈에는 쌍꺼풀이 두세 겹씩 드리워져 있었어. 엄마는 과외비가 얼마냐고 물어보지 않았지. 엄마는 그런 걸 물어보는 사람이 아니었어. 난 더욱 신경질을 내면서 울었어. 나는 엄마의 취향을 알았으니까. 엄마는 어른스러운 딸보다 철없는 딸을 좋아했거든. 때로 내가 어른스럽게 말하거나 행동하면 엄마는 엄마답지 않게 걱정을 가득 담아 말했어. 어차피 때가 되면 원하지 않아도 어른이 된다고. 일찍부터 어른인 척하면 나중에 분명 후회할 거라고. 그건 엄마의 경험이 담긴 진심 어린 충고였지.

겨울방학을 앞두고 우리는 미래의 집에 모였어. (미래의 집에서 미래를 만났을 때 내가 얼마나 엉망진창으로 어색하게 굴었는지 굳이 말하진 않을게. 훗날 미래가 그날 긴장한 내 모습이 엄청 귀여웠다고 말했다는 것만 살짝 알려 두겠어.) 과외를 신청한 학생은 모두 여섯 명이었어. 언니는 두 명씩 팀을 만들어 한 번에 한 팀씩 수업하겠다고 했어. 두 명씩 묶는다면 나는 어김없이 내 짝과 팀이 되겠구나 싶어서 낙담했는데, 언니가 똑 부러지게 말하는 거야.

팀은 내가 정할게. 일단 친한 사이는 절대 안 되고, 두 사람 수준이 비슷해야 한다는 조건이 있으니까.

언니는 학교 선생님보다 훨씬 냉엄한 표정으로 시험지를 내줬어. 시험지에는 영어 작문과 독해가 섞인 열 문제와 수학 열 문제가 적혀 있었지. 문제를 훑어보는데…… 무척 추운 날이었는데도 겨드랑이에서 땀이 나더라. 아무튼 처음 두어 문제는 미래가 이 문제를 풀까 풀지 못할까 생각하면서 풀었거든. 근데 몰입해서 풀다 보니까 정답을 찾아내는 데만 집중하게 되더라고.

미래와 나는 한 팀이 되지 못했어. 나는 매주 월요일과 목요일, 미래는 화요일과 금요일에 과외를 받았지. 언니는 매주 토요일 저녁마다 학부모에게 전화해서 학생의 수업 태도와 훌륭한 점, 앞으로 보완해야 할 점 등을 알려 줬어. 언니는 내게 기대하는 바가 컸고 나의 엄마에게도 그렇게 말했어. 엄마는 미래 언니의 말을 심드렁하게 듣다가 이렇게 대꾸했지.

근데 효주가 요즘 자꾸 신경질을 내고 밥도 잘 안 먹는데 선생님한테는 성질 안 내나요?

엄마는 언니의 말을 들으며 고개를 끄덕이더니 전화를 끊었어.

엄마는 왜 그런 말을 해.

나는 또 신경질을 냈어. 엄마는 대꾸 없이 뚱한 표정으로 소파에 모로 누웠어.

그래서 언니는 뭐라 그랬는데?

괜히 조바심이 나서 물어보고 말았지.

웃던데.

웃어?

웃으면서 하는 말이 자기는 더 했대.

뭐?

네 나이 때는 다 그런 거래. 뇌가 자라느라 그렇대. 그냥 놔 두래.

나는 피식 웃었어. 엄마는 손바닥으로 두 눈을 비비며 중얼 거렸지.

좋겠다, 너는. 뇌가 자라는 중이어서.

엄마에게 전해 들은 언니의 말이 웃겨서 나는 미래에게 편 지를 썼어.

우리는 몸뿐 아니라 뇌도 자라는 중이래. 미래야. 나는 우 리가 같이 자라는 중이라서 정말 기뻐. 너의 손바닥에 나의 손 을 맞대 보고 싶다. 우리 손바닥 크기가 얼마나 같고 다른지 확 인해 보고 싶어. 네가 허락한다면 발바닥도 맞춰 보고 싶어. 너 랑 나란히 앉아서 엉덩이에서 무릎까지 길이도 비교해 보고 싶 어. 우리가 얼마나 같고도 다른지 전부 맞춰 보고 싶어. 우리가 다 자란 날에는 같이 파티를 하고 싶어. 그런 날은 언제일까?

그래. 나는 미래에게 편지를 썼어. 우리는 책으로 묶을 수 도 있을 만큼 많은 편지를 주고받았지. 이게 무슨 말이냐면 우 리는 아주 가까워졌다는 말이야. 친구가 되었느냐고? 글쎄. 우

최진영

리가 친구였을까?

과외 시작하고 얼마 지나지 않아 미래가 먼저 내게 편지를 줬어. '용기를 내어 이 글을 쓴다'라는 문장으로 시작해서 '너와 특별한 사이가 되고 싶어'라는 문장으로 끝나는 편지였어. 미래는 나와 팀이 되지 않기를 바랐다고 썼어. 왜냐하면 처음부터 내가 계속 신경 쓰였는데 같은 팀이 되어 버리면 나를 신경 쓰느라 공부를 제대로 할 수 없을 것만 같았대.

나는 거의 이틀에 걸쳐서 답장을 완성했어. 일단 연습장에 수차례 연습 편지를 쓰면서 완성에 가까운 초고를 만들었지. 그걸 편지지에 깨끗하게 수십 번 옮겨 적었어. 글자 하나만 틀리거나 글씨체가 마음에 안 들면 처음부터 새로 썼지. 미래가 부담을 느낄까 봐 감정을 최대한 담백하게 전달하려고 했어. '나도 너와 같은 마음이야' 정도로 답장을 요약할 수 있겠다.

우리는 저물녘에 강변을 산책했어. 눈이 내리는 날에는 같이 눈을 맞았지. 서로에게 줄 크리스마스카드와 선물도 준비했어. 크리스마스이브에는 우리만의 비밀 장소에서 조각케이크를 먹었어. 정말 꿈만 같은 겨울방학이었지. 미래는 우리 사이를 비밀로 하자고 당부했어. 다른 애들 앞에서는 친하지 않은 사이처럼 행동하자고. 우리만의 비밀이 많을수록 우리는 더욱 가까워지고 특별해질 거라고. 나는 미래와 나만 아는 비밀이 쌓이는 게 좋았어. 미래 말처럼, 비밀이 우리를 더욱 밀접한 관계로 만들어 주는 것만 같았으니까.

봄이 오고 여름이 지나도록 미래와 특별한 사이를 이어 가면서, 나는 미래를 짝사랑할 때와는 또 다른 괴로움에 빠져들었어. 내 마음을 도무지 알 수 없어서 괴로웠던 그때와는 정반대로 내 마음을 너무 잘 알아서 괴로웠지. 그러니까 그게 무슨 마음이냐면…… 나는 다른 친구들이 내 손을 잡아도 아무렇지 않았어. 내게 팔짱을 껴도 나를 껴안아도 별 감정이 없었지. 나 역시 친구들의 손을 잡고 팔짱을 끼곤 했으니까. 그런 행위에 친밀감 말고 다른 의미는 없었어. 우리는 팔짱을 끼면서 연예인 얘기를 하거나 손을 잡고 매점까지 달리거나 서로를 껴안으며 반가움이나 기쁨을 표현했으니까. 하지만 단 한 사람, 전미래에게는 그럴 수가 없었어. 상상만 해도 심장이 너무 뛰었거든. 손을 잡으면 놓고 싶지 않을 것 같았어. 손을 잡으면 손을 잡는 것 이상을 바랄 것만 같았어. 난 분명히 그럴 거라고 확신했어. 너와 키스하고 싶다고 말한다면 미래는 어떤 표정을 지을까? 미래도 나와 같은 마음인지 확인하고 싶었지만, 한편으로는 미래가 떠날까 봐 두려웠어. 나는 나의 마음을 최대한 감추고 미래의 특별한 비밀 친구 역할에 만족하려고 노력했지.

특별한 비밀 친구란 이런 거야.

미래가 보고 싶으면 미래에게 보고 싶다고 말할 수 있었어.

우리는 말과 글로 서로의 특별함을 찬양했고 우리만의 기념일도 만들었어.

우리는 때로 서로의 친한 친구들을 질투했어. 그래서 오해했고 크게 싸웠고 펑펑 울면서 사과했지. 너무 좋아해서 너무 밉다는 말을 암호처럼 주고받았어.

최진영

미래를 생각하면 난 더욱 좋은 사람이 되고 싶었고 미래를 생각할수록 내가 부족하게 느껴졌었지.

나는 나를 미래에게 맞추고 싶었고 미래는 자기를 나에게 맞추려고 노력했어. 우리는 서로가 좋아하는 것을 좋아했고 서로가 싫어하는 것을 싫어했지.

그래서, 내가 미래를 좋아하듯 미래도 나를 좋아했을까?

졸업이 다가오고 있었어. 우리는 다른 고등학교에 입학할 예정이었지. 나는 우리가 서서히 멀어질지도 모른다고 생각했어. 고등학생 전미래가 또 다른 '특별한 사이'를 만들 것만 같았지. 나는 전미래에게 확실하게 말하고 싶었어. 나는 너를 친구라고 생각한 적이 없다고. 네가 만약 장난처럼, 어떤 놀이처럼, 또는 특별한 기분을 느끼고 싶어서 나를 가까이한 거라면 나는 너무 괴롭고 슬플 거라고. 나는 대체되는 사람이기 싫다고. 나는 너에게 유일하고 싶다고. 왜냐하면 내게 너는 유일하니까. 내가 앞으로 백 년을 살고 이백 년을 살더라도 나에게 전미래와 같은 존재는 다시없을 거라고. 그러니까 이게 다 무슨 말이냐면, 너는 나의 첫사랑이란 말이야.

하지만 결국 아무 말도 하지 못했어. 미래를 잃을까 봐 겁이 났거든.

나는 열여덟 살에 첫키스를 했어. 당시 사귀던 여자 친구 M과. M이 내게 사귀자고 말했을 때 나는 헷갈리지 않았어. 내 마음을 알 수 없어서 괴롭지도 않았지. M과 사귈 때도 우리가 연인 사이라는 걸 의심하지 않았어. 전미래를 사랑하지 않았다면, 전미래 때문에 고민하고 괴로워한 경험이 없었다면, '특별한 비밀 친구'와 '연인'의 차이를 진지하게 생각해 본 적이 없었다면, 어쩌면 나는 M과 연애를 시작하지 못했을지도 몰라. M에 대한 나의 마음이 사랑이라는 걸 단숨에 알아채지는 못했을 테니까.

M을 사랑하는 마음이 커질수록 나는 미래를 억지로 잊으려고 했어. 미래를 지우는 게 M에 대한 예의라고 생각했지. 미래를 잃을까 봐 겁을 내던 내 마음이 미래를 잊어야만 한다는 당위로 변해 버린 거야. 나는 M에 대한 내 사랑을 증명하는 방법으로 미래를 부정했어. 나는 M에게 '네가 나의 첫사랑'이라고 말했지. M을 사랑하면서 미래는 나의 비밀이 되었지만, 생각해 보면 미래는 언제나 나의 비밀이었어. 나는 누구에게도, 심지어 미래에게조차 미래에 대한 내 마음을 솔직하게 말한 적이 없었으니까.

M은 확실하게 나를 사랑했고 확실하게 나를 배신했어. 네가 너무 좋아서 미칠 것 같은 날도 분명히 있었다고, 하지만 이제는 너와 같이 있을 때도 그 사람이 생각나서 마음이 너무 복잡하다고 M은 말했어. 서로 다른 대학에 입학하고 얼마 지나지 않아서였지. 나는 정말 많이 울었어. M과는 죽을 때까지 헤어지지 않을 줄 알았거든. 내가 M을 좋아하는 것보다 M이 나를 더 좋아한다고 느낀 적이 아주 많았으니까. 그래, 그런 순간

도 분명 있었을 거야. M은 제대로 사랑하는 사람, 재거나 따지지 않고 사랑이란 감정을 온전히 전달하려고 애쓰는 사람이었어. 그런 사람이기에 이별의 이유도 그렇게 솔직하게 말할 수 있었겠지.

다시는 연애하지 말아야겠다고 생각했어. 이별이란 거, 생각보다 너무 힘들었거든. 사랑하는 사람과 헤어지는 경험 따위 또 하고 싶지 않았어. 하지만 나만 잘한다고 이별하지 않을 수 있는 건 아니잖아. 그럼 애초에 사랑에 빠지지 말자. 그건 내 노력만으로도 가능하니까. 아니, 사랑에 빠지더라도 연애는 하지 말자. 절대 고백하지 말자고, 그 누구와도 특별한 사이가 되지 말자고 마음먹었지.

나는 가벼운 만남에 익숙해지려고 노력했어. 호감이 애정으로 변할 것 같으면 관계를 정리해 버리는 만남 말이야. 사람들과 농담과 위트만 주고받고 싶었어. 무겁고 복잡한 이야기는 일기장에나 쓰고 말았지. 산뜻하고 담백한 사람처럼, 사랑이나 상처에는 초월한 사람처럼 보이고 싶었어.

스물세 살의 여름밤이었어. 채팅으로 만난 사람과 재미있지도 않은 농담을 주고받으며 맥주를 마시다가 미지근하게 헤어진 뒤였지. 방금 헤어진 그 사람에게 다시 연락이 온다고 해도 반갑지 않을 것 같았어. 알바를 쉬는 날을 무의미하고 재미없게 보내 버려서 조금 짜증이 나기도 했지. 거긴 낯선 동네의 복잡한 골목이었고, 나는 길을 헤맸고, 멀리 보이는 높은 빌딩을 이정표 삼아 걷다가 완전히 길을 잃고 말았어. 어쨌든 언젠

나의 미래

가는 큰길이 나오겠지 생각하면서 무조건 직진만 하다가 '나는 왜 이렇게 살고 있나' 하는 생각이 들더라. '이렇게'는 구체적으로 어떤 상태인가 생각하다가 중얼거렸어.

시시하다. 시시해.

그리고 습관처럼 M을 떠올렸지. M과 함께 경험했던 모든 처음을. 그런 걸 생각하면 마음이 아프고 화가 나면서도 그때가 그리워서 내가 더욱 초란해지곤 했는데…… 더는 그런 느낌이 들지 않더라고. 너무 자주 생각해서 닳아 버린 걸까. 아프지도 서럽지도 않으니 이제 정말 추억이 되어 버린 걸까. 맙소사. 추억이라니.

시시해. 시시하다.

나는 좀 더 크게 중얼거렸어. M을 시시하게 생각할 수 있어서 개운했고 M조차 시시한 존재가 되어 버려서 서운했지. 우리는 정말 특별한 사이라고 믿어 의심치 않았던 그때의 내가, 헤어진 후 인생이 끝난 것처럼 울고 힘들어했던 내가 우습더라고. 낯선 골목에서 시시하다는 말을 반복하면서 나는 나의 십대를 닫아 버렸어. 스무 살을 지나고 스물세 살에 이르러서야 비로소 십대가 완전히 끝나는 기분이었던 거야.

그리고 나는 미래를 생각했어.

나의 닫힌 십대에서 시시하지 않은 유일한 사람.

시작도 끝도 없었기에 특별하게 남을 수 있었던 미래.

나에게 '용기를 내어'라는 표현을 생생하게 알려 주었던 아이.

최진영

나는 다시 궁금해졌어. 미래에게 나는 어떤 존재였을까? 미래는 어째서 내게 '특별한 사이'가 되자고 했던 걸까? 나는 십대를 완전히 닫는 기념으로 미래를 만나야겠다고 생각했어. 궁금했거든. 미래는 여전히 내게 특별한 사람인지. 이제는 미래마저도 시시한 존재로 느껴질지. 미래를 만나 봐야 알 수 있을 것 같았지. 나는 단숨에 미래의 전화번호를 알아냈어. 중학교 동창에게 문자메시지로 물어봤는데 10분도 지나지 않아 알려 주더라고. 뭐가 이렇게 쉽나 싶더라. 생각해 보면 중2 때도 미래와의 만남은 쉬웠지. 만남 다음부터 어려웠을 뿐.

약속한 장소에서 미래를 만나는 순간 나는 후회했어. 미래를 만나기로 마음먹었던 것을. 미래를 보자마자 심장이 쿵 하고 내려앉았으니까. 그건 무슨 뜻이냐면, 내가 미래에게 다시 반했다는 뜻이었고, 미래를 사랑하는 마음 때문에 괴로워질 거라는 뜻이었지. 그동안 어떻게 지냈는지 드문드문 대화를 주고받다가 잠시 침묵이 내려앉았을 때, 창밖을 보며 미래가 중얼거렸어.

비가 올 것 같아.

비가 올 것 같다는 그 말조차, 미래였기 때문에, 내겐 세상에서 가장 특별한 말처럼 들렸어. 나는 가방에서 우산을 꺼내 미래에게 내밀었어.

우산이 또 있어?

미래가 물었지. 나는 고개를 저으며 대답했어.

네가 가는 곳까지 바래다줄게.

미래가 웃으며 말했어.

비가 그칠 때까지 같이 있는 방법도 있잖아.

나는 달콤한 후회에 빠져 미래를 바라봤어. 비가 꼭 오길 바라고 바라면서.

그리고 미래와 나는 아주 많은 일을 겪었어. 우리는 같이 우산을 쓰거나 우산도 없이 비를 맞으며 각자 다른 방향으로 달려갔어. 자기 우산을 내팽개치고 상대의 우산 속으로 뛰어들기도 했지. 우리는 다시 안 볼 사람처럼 헤어졌다가 엉엉 울면서 서로를 찾아다녔어. 그렇게 서로에게 반하고 실망하길 반복하면서 이십대를 보냈어. 우리는 평범했지만, 우리는 특별했어. 내가 좋아하는 사람이 나를 좋아하는 건 흔한 일일까? 많은 사람이 그렇게 연애를 시작하니까 그건 그다지 특별한 일이 아닐 수도 있지. 하지만 나는 그렇게 생각하지 않거든. 당신은 나를 싫어할 수도 있고 내게 무관심할 수도 있는데 나를 사랑하는 거잖아. 나는 그 사실이 여전히 놀랍고도 다행스러워.

나의 미래를 얘기하려면…… 나의 오늘을 얘기해야겠다.

미래와 손을 잡고 비 갠 골목을 산책하다가 문득 물었어.

우리는 어째서 사랑을 할까?

나의 어리석은 질문에 미래는 곰곰 생각하다 되물었어.

최진영

비는 왜 내릴까?

나도 되물었어.

바람은 왜 불지?

우린 새로운 놀이를 발견한 사람들처럼 물음을 주고받았어.

태양은 왜 빛날까?

눈은 왜 차갑지?

꽃은 왜 필까?

물은 왜 흐를까?

밤은 왜 어둡지?

사람은 왜 태어나고 죽을까?

너는 왜 박효주야?

너는 왜 전미래야?

많은 질문에 매듭을 짓듯 미래는 고요히 대답했어.

그래서 우리는 사랑을 하지.

그러니까 오늘은, 나의 미래에게 열 번째로 반해 버린 날.

나의 미래

사랑하며 나를 찾고,
사랑한 만큼 성장한다

자꾸 같은 반 남자아이에게 시선이 갔다. 심장이 콩닥콩닥 뛰는 것만 같았다. 눈이 마주칠까 봐 조심스러웠다. 이상한 기분이 들었지만, 이건 분명 우정과는 다른 감정이었다.

여덟 편의 로맨스 소설을 읽으며 오래전 나와 만났다. 나만 볼 수 있게 일기장에 꽁꽁 숨겨 놓았던 이야기를 들켜 버린 것만 같았다. 동시에 한 편 한 편이 마음을 쓰다듬어 주는 것처럼 가슴이 몽글몽글해졌다. 소설인지 현실인지 분간하기 어려웠다. '진짜일까?' '진짜였으면 좋겠다.' 이 말을 되뇌었던 거 같다. 소설 속 주인공들의 감정이 마치 내 것 같아서 놀랐고, 저마다 사랑의 깊이만큼 한 뼘 한 뼘 성장하는 모습에 응원을 보내기도 하였다.

학교, 교실, 운동장, 강당……. 청소년기를 생각해 보면 익숙한 장소들이다. 축제, 소풍이라는 단어만 들어도 설렐 때가 있었다. 공부를 하고, 뛰어놀고, 친구를 만나고, 또 사랑이라는 감정을 키워 나갔던 그곳, 그리고 그 시간들. 좁은 울타리 안에 있었지만 좁다고 느끼지 못했다. 소중한 사람들이 그 안에 다 있었으니까. 퀴어 청소년의 로맨스는 매일 발 딛고 사는 그곳에서 탄생했다.

그렇지만 무서워

「천사는 좋은 날씨와 함께 온다」의 철희는 수호와의 연애를 친구들이 알게 될까 봐 무섭다. 「사랑보다 대단한 너」의 재명은 첫사랑 친구의 첫사랑 이야기를 들어 줄 뿐 자신의 감정을 숨기고 있다. 「하울링」의 유영은 고백받은 설렘보다 동네에 자신의 정체성이 알려지는 두려움이 더 크다. 「나쁜 짓」의 건휘는 라슬로에게 느끼는 감정을 들키지 않게 조심한다. 「나의 미래」의 미래는 다른 애들 앞에서 친하지 않은 척 행동하자고 효주에게 부탁한다.

안타깝게도 소설 속 주인공들은 사랑을 하면서도 무섭다는 말을 자주 한다. 연애는 비밀이 되고, 좋아하는 감정은 숨겨야만 한다. 그것은 「나쁜 짓」 건휘가 말하는 '밑도 끝도 없는 기분'이 들기 때문일 것이다. 「천사는 좋은 날씨와 함께 온다」의 철희가 손가락질받을까 봐 같은 학교 퀴어 친구를 외면할 수밖에 없는 상황과도 연결된다. 사랑이라는 감정이 몽실몽실 피어올라도, 그 감정이 내 것이 되기까지 걸림돌이 많다. 「고-백-루-프」에서처럼, 하루가 어제와 똑같이 반복되어 돌아간다면 영원히 그 하루가 끝나지 않을지도 모른다.

청소년성소수자위기지원센터 띵동 상담 기록엔 유독 사랑 이야기가 많다. 좋아하는 친구에게 고백하지 못해 속앓이를 하는 경우도 있고, 좋아하는 그 감정 자체가 혼란스러워 문을 두드리기도 한다. 누군가를 좋아하는 감정이 생겼는데 그것이 상담의 이유가 되는 건 참 슬픈 일이다. 청소년 성소수자에게 사랑은 얄궂은 문제일 때가 많다. 사랑 때문에 정체성에 대한 두려움을 느끼게 되는가 하면, 혼자서 정체성을 고민할 때 사랑이 해답지 역할을 하기도 한다.

이럴 때 서로를 지지하는 친구가 옆에 있다면 얼마나 든든할까.「스틸 앤드 슛」의 다인이나「솔로 플레이는 이제 그만」의 유진 같은 친구 말이다.

우리는 사랑하며 성장한다

"모든 사랑은 평등하다." 성소수자 인권운동의 대표적인 구호 중 하나다. 사랑과 평등이라는 단어가 언뜻 잘 어울리지 않는 조합 같지만, 이 세상엔 동성애, 양성애, 무성애, 범성애 등 다양한 형태의 사랑이 존재하고, 성별이분법에 갇히지 않은 사랑도 그 자체로 아름다울 수 있다는 의미를 포함하고 있다. 사랑을 정상과 비정상으로 나누는 순간 차별이 시작되는 것이다.

남녀 간의 사랑이 유일하다고 믿는 사람들은 이 책에 실린

여덟 편의 사랑 이야기가 판타지라고 생각할지 모르겠다. 아니다. 완전히 틀렸다. 지극히 사실에 기반한, 지금도 어느 학교에서 벌어지고 있을 것만 같은 이야기들이다. 이 책의 주인공들은 누구보다 솔직하게 사랑하고, 사랑이 다칠까 봐 마음을 졸인다. 이처럼 현실적인 이야기가 또 어디 있을까.

사랑하며 성장하는 주인공들의 미래를 응원한다. 「고-백-루-프」의 현지와 지현이 사랑스러운 내일을 맞이할 수 있길, 「천사는 좋은 날씨와 함께 온다」의 철희와 수호가 친구들의 눈치를 보지 않고 사랑할 수 있길, 「사랑보다 대단한 너」의 재명이 자신에게 솔직한 사랑을 시작할 수 있길, 「하울링」의 유영과 수영이 서툴러도 괜찮은 레즈비언으로 성장하길, 「스틸 앤드 숏」의 주경과 다인이 Q 배지와 함께 더 큰 자긍심을 가지고 살아가길, 「나쁜 짓」의 건휘가 자신의 감정을 억누르지 않고 사랑하는 방법을 터득할 수 있길, 「솔로 플레이는 이제 그만」의 아라와 유진이 서로에게 든든한 힘이 되어 주길, 「나의 미래」의 효주가 미래에게 열한 번째에도 반할 수 있길.

그리고 이 책을 읽는 모든 청소년 성소수자들이 자기 자신을 충분히 사랑하고, 사랑한 만큼 성장할 수 있길 바란다. 해피엔딩은 우리가 함께 만들어 가는 것이니까.

정민석(청소년성소수자위기지원센터 띵동 대표)